集英社オレンジ文庫

瀬戸際のハケンと窓際の正社員

ゆきた志旗

本書は書き下ろしです。

Contents

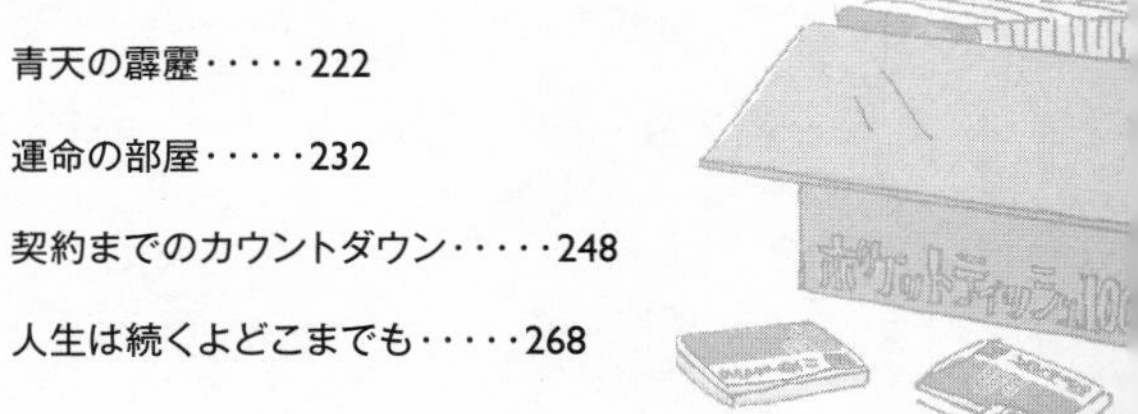

日下部（くさかべ）さん

武州新聞リアルエステート社員。草刈正雄に似たハンサム。“この道三十余年の大ベテラン”と聞かされていたが、その正体は……？

岩城（いわき）澪（みお）

新卒時の就活では出版社ばかりを受け、玉砕。仕方なくではあるが、事務の派遣として真面目に勤務。そのまま正社員になれると信じ切っていたものの、あっさりと派遣切りにあってしまう。

すぎまさ
杉政さん
和合不動産社員。スーツ姿も爽やかで、一見エリート営業マン。とある事情で彼の第一印象は最悪で…？
和合不動産チーム
たちばな
橘さん
のうみ
能海さん
しょうだ
庄田さん
お客さま～ズ

イラスト／いのうえさきこ

瀬戸際のハケンと
窓際の正社員
ポケットティッシュ1000個

一　就職できなくても、人生は終わってくれない

派遣切りってほんとにあるんだ。

それなりに頑張ってきたつもりだし、私結構、ちゃんとやれてたと思うんだけどな。そりゃ替えのきかない仕事ってわけじゃないけど、誰にでもできる仕事を、人一倍丁寧に、迅速確実にこなしてきたと思うのに。

頂く時給に見合うよりも、ほんの少しだけいい仕事をする。そんな今どき時代錯誤とも言われそうな心懸けを持って、馬鹿真面目に働いてきた。部長だってよく、岩城さんは仕事が早くて働き者で、本当に助かるよって言ってくれてた。他の社員さんたちに、お前らも岩城さんを見倣えよなんて笑いながら。

同じ派遣の後輩からも、私は頼りにされていた。何でも優しく教えたし、ミスをすれば私がカバーして、早く社内の雰囲気に溶け込めるよう人間関係もフォローした。

まさかあの子が、私の交代要員だったなんて。

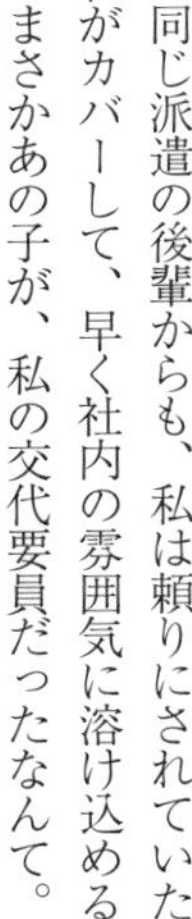

よくある話だけど、自分に限ってと思っていた。これだけ頑張っている私が切られるはずはないと、心のどこかで信じていたのに。

馬鹿みたい。ほんと馬鹿みたいだよね。

「いらっしゃいませー」

ピロリロリロ……と入店チャイムの電子音が身体にまとわりつく。

別に欲しい物もないけれど、ただ何となくコンビニに足が向いていた。こんな気分を引きずったまま、真っ直ぐ自分の部屋に帰りたくなかったのかもしれない。

職を失ったのは、もう何か月も前のこと。だというのに今さらこんな感傷にずぶずぶと浸っているのは、また今日も就活に心折られたからだ。こんなにパキポキ折れるからには、私の心は紛れもなく棒状、それも強度からして目の前にあるチョコがけのスティック菓子に近いものだろう。共喰いは嫌だ、と赤いパッケージに伸ばしかけた手を引っ込める。

もう二度と、あんな思いはしたくない。今度こそ正社員になるんだと決意し、求職活動を始めたものの連戦連敗。今朝も二社から今後のご活躍をお祈りされた。したいよご活躍。させてよあなたの会社で。

思わずふう、とため息が出る。

……そんなに、高望みしてるわけでもないのに。

新卒時の就活は高望みで失敗した。いや……高望みというより、夢見がちか。
ただ純粋に、子どもの頃からの「本を作りたい」という夢を叶えたくて、出版社ばかりにエントリーしていた。あの頃の私には、それ以外の世界で働く自分なんて想像ができなかった。他の仕事で妥協するなんてことは、人生を捨てるに等しい行為だと思っていた。今にしてみれば、なんと傲慢だったのだろうと呆れるけれど。

結局私は、どこにも受からなかった。大手はもちろん、どんなに小さくてマニアックな出版社も悉く落ちた。慌てて編集プロダクションにも手を広げたけど時既に遅し。最終的にはカタログや時刻表に地図まで、そもそも私って何がやりたかったんだっけと遠い目になるくらい見境なく、出版と名がつくところに突撃しては玉砕した。

自分を審査された結果、お前はいらないと拒絶される。一社落ちるごとに、将来への絶望や焦りだけでなく、自分自身が否定されたようなダメージまでもが蓄積して、何だかずっと目が回っているような感覚になってきて、死んでも死んでも無意識に立ち上がり、そのたびにぐちゃぐちゃにされながら徘徊するウォーキングデッドみたいになっているうちに、いつの間にか大学を卒業していた。

その頃にはもう完全に気力が尽きてしまい、ずっとバイトしていた書店でフルタイムにしてもらおうと思ったら、その書店までも不況に負けて潰れてしまった。

そうして叩き起こされるように目を覚ました私は、派遣の事務員として働きはじめた。

ようやく思い知ったのだ——夢は夢。好きなことでご飯を食べられたらいいけれど、何よりもまず、生きるために働かなくては——と。

誰もがやりたい仕事に就けるわけじゃない。やりたくなくはない仕事の中から、自分にできそうなものを選ぶ。そうやって食い扶持を稼ぐのが大人の役目であり、それこそが社会人である——そう自分に言い聞かせ、この味気ない現実と折り合いをつけてきた。

なのに、そんな地道な生き方さえ裏切られるなんて。社会の難易度どうなってんの。

——いけない、ここにいるとお金もないのにヤケ食いしてしまいそう。

お菓子の棚から離れると、私は窓際に並ぶ雑誌を一瞥した。何となく目に留まった本を取り、読むともなく表紙を開く。目だけは一応誌面の上を往復するけれど、頭の中では、ハロワで言われた台詞が鐘の音のようにガンガンと鳴り響いていた。

——やっぱり事務職で正社員というのは、厳しいんですよね。

——景気がアレしたでしょう？　今は大勢があぶれてるんです。中でも事務は特に希望する女性が多いんですよ、あなたのように。それでいて、求人の方は極端に少ない。

——事務は派遣しか採らない企業さんも多いですし……昔と違って結婚や出産をしても

辞(や)めない人が多いですから、とにかく空きが出ないんですよ。派遣だってやりたくてもやれない人がいっぱいいるんです、飽和状態なんですよ。

――この際、営業なんてどうですか？　そこそこ求人ありますよ、事務より稼げますし。

――向いてないって……はぁ。今のご自分の状況、わかってます？　選(え)り好みできる立場だと思ってるんですか？

……高望みしてるわけじゃ、ないと思ってたのに。

ご自分の状況はわかってますよ。アパートの更新時期だった半年前――当時の派遣先で間もなく三年を迎え、そのまま正社員になれるものだと信じきっていた私は、数万円の更新料を惜しんで会社の近くに引っ越しました。引っ越し費用で貯金は吹っ飛び、家賃もアップしましたが、数か月後には正社員になるから大丈夫だと高を括(くく)っておりました。

そして今。そろそろ失業保険も切れますが、私は純然たる無職のまま、コンビニで節約おかず特集の雑誌を立ち読みしています。

改めて考えたら怖くなってきた――今月の家賃は何とか引き落とされるはずだけど、来月は？　実はもう払える当てがない。払えなかったらどうなるんだろう。どうしよう、どうしたらいい？　レシピなんか頭に入ってくるわけない。

雑誌を棚に戻し、視線を隣――フリーペーパーのラックへ移した。アルバイト情報誌の表紙を飾る動物キャラクターが、感情のない目でこっちを見ている。

……ぶるっと首を振ると、牛乳を一本取ってレジに並んだ。まだ、まだ大丈夫、頑張れる。今度こそ正社員にならないと。

「お次のお客さまこちらどうぞー」

奥から出てきた若い店員が別のレジを開けてくれた。私みたいな無職にも、コンビニのお姉さんは朗（ほが）らかに微笑んでくれる。

「袋はお持ちですか？」

「あ、はい大丈夫です」

鞄から手探りでエコバッグを取り出す私に、店員さんはまたニコッと笑みを見せた。

「かしこまりました」

その清潔感溢（あふ）れる笑顔と、カウンター奥の〈アルバイト募集中〉の貼り紙が目に入った瞬間、やけにすとんと「ここで働こう」と思った。

もちろんずっとじゃない。私がなりたいのは正社員だけど、就職が決まるまでとりあえずバイトでも何でもいいから繋（つな）がないと、このままじゃ生活できなくなるから。明日履歴書を書いて持ってこよう。そうだ、そうしよう。

「レシートのお返しです」

目が合えばまた微笑をくれる、このお姉さんとなら仲良く働けそうだし――あ。

胸元のネームプレート、〈店長〉の文字に目が留まった。

瞬間、何かがひゅっと冷めるのを感じた。

なんだ、偉い人じゃん。長だもん。私と同年代くらいに見えるのに、すごいな。

「ありがとうございました、またお越しくださいませー」

ここでバイトをしようという衝動は、とっくに消え失せていた。萎えるってこういうことか……こんなにもちっぽけな自分が、本当にみじめで嫌になる。

駐車場に引かれた横断歩道みたいな白線の上で、まだ星もない薄暮の空を見上げた。日が落ちきる前の五月の風は、独特のぬるさを感じさせる。

私も偉い人になりたかった。誰だって、切られるよりも切る方になりたい。

いや、偉くなくてもいい、下っ端でも何でもいいから、とにかく歓迎されたかった。

自分が優れた人間じゃないことはもうわかってる。もちろん短所もあるけど、それと同じように人並みの長所もある、普通の人間だと思っていた。だから真面目に頑張る努力さえ上乗せすれば、平均より上くらいだと……そうでも思わなきゃ、やっていられなかった。

だけどこんなにまで居場所がないなんて、私は人並みですらなかったんだな。

見つめる空がじわりと滲みはじめた時、着信に気づいた。どこかから採用の電話かもしれない——電話が鳴るたびつい胸が跳ねてしまうけど、いつだって期待は裏切られてきた。

「はい、岩城です」

『ご無沙汰してますー、人材派遣会社ヒュリソの大橋ですー。その後いかがですか？　就活の方。もうお仕事されてます？』

案の定、嬉しい相手ではなかった。フジタ計器——私を切ったあの会社を紹介してくれた、派遣会社のコーディネーターだ。次は正社員で就職するつもりだから、代わりの派遣先は紹介してくれなくていいと断っていたのだけど。

「ご無沙汰してます。仕事は……まだ、探しているところです」

『はー、そうですか。そうですねぇ、今はなかなか厳しいですよねぇ。皆さんそうおっしゃってますよ、ええ』

出身が関西方面なのか、イントネーションにそれらしき訛りのある男性だ。

『やーでもよかった、いやよかったって言ったら失礼ですけど、実はですね、岩城さんにご紹介させていただきたいお仕事があるんですよ。あ、わかってますよ、正社員がご希望というのは重々承知してますけど、今回のはアレなんです、まあ取っかかりは派遣という形になりますけど、ゆくゆくは正社員も考えていただけるっていうお話なんですよ』

正社員という単語に、ぴくりと身体が反応してしまった。いやいや、変な期待を抱くな。もうこの人の言葉に躍らされるのは御免だ。

「紹介予定派遣……ということですか」

『まーそんなようなものですけどね、いや普通の紹介予定派遣は事前の面接とか色々ややこしいんですけど、今回はちょっと、もともと配属されていた社員さんが、ご家庭の事情で続けられなくなったそうで……その穴埋めのような形になるんですが、すぐに、もう今すぐにでも働けますし、時給も前のフジタ計器さんよりずうっといいんですよ。そのうえ半年後には正社員！　かも。本当、滅多にないような掘り出し物みたいなお話なんですよ』

「前の時も、三年頑張れば社員になれるからって言われましたけど……」

もう少しで三年というところで、切られちゃったじゃないですか。

だいたい辞めた社員の穴埋めだなんて、どうせ人が定着しなくて正社員も逃げ出すようなブラック企業とか、ヤバい会社に違いない。

ため息まじりに返した私に、大橋さんは声を低くして言った。

『僕が思うになんですけどー、前のフジタ計器さんは、失礼ですけど小さい会社だったじゃないですか。やっぱりソコだと思うんですよねぇ、企業体力がないといいますか。けど今回は違いますよ。岩城さん、武州新聞って読んでたりします？』

「え？　いえ、取ってはいませんけど……」

武州新聞といえば、関東地方を中心としたブロック紙ながら、プロスポーツチームの運営をはじめ多方面に事業を展開する、全国的に名の知れた新聞社だ。

『あーまあそうですよね、今時はみんなネットで、新聞読むとしてもデジタル記事ですもんね。若い人の新聞離れが深刻で、定期購読が減る一方だそうで。武州さんもまさにそれで、色々と試行錯誤されてるところでして……』

何だかいやに饒舌に、まるで内部事情でも聞いてきたかのように喋っているけど……。

「それでその武州新聞が、どうしたんですか」

『ですからその、武州新聞さんなんですよ』

「へっ？」声がひっくり返った。「武州……新聞ですか？」

みっともないくらい喰いついてしまったのを電話越しに見透かされたのか、大橋さんの声が一転高らかになる。

『えーえ、そうなんです。武州新聞グループでのお仕事なんですけど、岩城さん、ご興味ないかなーと思いまして』

興味も何も……新聞社といったら大抵は出版も手がけているし、武州新聞も出版社を子会社に抱えていたはずだ。

「興味……なくは、ないですけど……」

　知らず、スマホを持つ手が震えてくる。これまでの不遇を帳消しにするようなチャンスが巡ってきそうな予感に、心臓が熱く鼓動を打ちはじめる。

『あ、そんな感じですか？　まあ何しろ急な話なんで、乗り気じゃなかったらいいですよ、他の方当たらせてもらいますから。実をいうと今回事務じゃなくて、営業の求人ですし』

「営業……ですか」

　テンションの二割くらいが、すとんと落ちた。

　作る側とは違うし……たぶん私には向いてない。けど……前の会社のよくわからない機械の部品みたいに、特に愛着や思い入れがあるわけでもない商品を見ず知らずの人たちに売り込むのなんて絶対無理だと、そう思って今まで避けてきた職種だけれど。

『まあ営業とはいっても、事務的な経験が役に立つお仕事だって話なんですよ。岩城さんも普通に来客対応とかはなさってたでしょう？　接遇マナーなんかは大丈夫だと思うんで、どうかなーと思ったんですけど。でもやっぱりアレですかねー、岩城さん、営業はナシっておっしゃってましたもんね』

「いや、ナシというか……あの、一応言っておくと、私バイクとか乗れませんけど……？」

『あーいやいやそういうのとは違います、新聞購読の勧誘するわけじゃないです、販売店じゃないですよ。武州新聞さんの子会社で、新規プロジェクトに人が必要みたいなんですけどね。反響営業が基本で、まぁそのために広告打ったりとか、そういうところからやってもらうことになるんですけど……あの、本当無理してもらわなくて結構ですから。岩城さんはもう、派遣はこりごりですもんね。何かすみません、お時間取らせてしまって、余計なご連絡して申し訳なかったですー』

「――待って！」

浅はかだったのだと思う。

「待ってください………あの、私やります。営業でも何でもいいです、どんなことでもやりますので、よろしくお願いします！」

だけど考えてもみてほしい。

ほんの数分前まで、バイトでも何でもいいからとにかく食い繋ごうと思っていて。それが半年で正社員になれるかもって話で。しかもそれが、新聞社で。

飢え死に寸前の魚の目の前に、美味しそうな餌が飛び込んできたら――このチャンスを逃すまいと、喰らいつくのが本能でしょう。

たとえそれが、きらきら輝くプラスチックのルアーだったとしても。

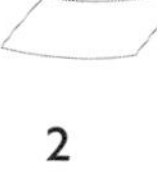

2

自分の家賃が払えなくなりそうなので、他人にマンションを売ることにします

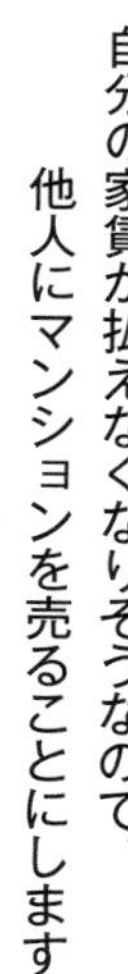

朝のラッシュ時間帯だというのに、下り方面——東京から埼玉へ向かう電車は、嘘のように空(す)いている。首都圏の人の流れに逆行する通勤は殊(こと)の外(ほか)快適で、けれどその快適さに喜びよりもむしろ漠然とした不安を催してしまうのは、さんざん都心の満員電車に揉(も)まれてきた後遺症だろうか。

ヒュリソの大橋(おおはし)さんと待ち合わせをしている、さいたま新都心で下車した。

この駅は貨物線が通っているためか、やたら多くの線路が敷かれている。それにしては不釣り合いにも見える小さなホームに降り立つと、無数の軌条(レール)が流れる鉄の川、その中州にぽつんと取り残されたような気分になった。遥か岸には、まだ新しそうなビルがびっしりと——というほどでもなく、適度なゆとりを持って整列している。

改札を抜けた先のコンコースは広々として明るく、近未来的な空間デザインに思わず舌を巻いた。白い網目状の屋根が力強い曲線を描いて覆(おお)い被(かぶ)さり、その巨大なアーチの中をビル風が太く吹き抜けてゆく。

　埼玉県にありながら都心を名乗る見上げた駅なだけあって、思ったよりも都会。けどやっぱり、建物や人の密度、行き交う人波の様子が東京とはどこか違う。ビル風にも微かな薫風が混じり、高校まで過ごした田舎の青い若葉と土の香りが懐かしくなる。都心の、レースのひだのように入り組んだビルの狭間では感じたことのない匂いだった。

　見たところ、まだ大橋さんの姿はない。手持ち無沙汰の私はスマホを取り出して、一分とズレのない正確な時刻と、着信やメールのないことを確認。ついでにちょっとネット検索をしてから、手帳型スマホケースをぱたんと閉じた。顔を上げ、周囲を見渡すけれど大橋さんはまだ来ない。

　…………やっぱり何か、おかしくない？

　こうして改札の前で待っている間にも、ざわざわと胸に不安が萌してくる。

　このおぼろげな胸騒ぎの原因は、主に二つ。

　一つは、あまりにもいい話すぎるということだ。新聞社といえば出版に負けず劣らず人気の就職先であり、中でも武州新聞はブロック紙ながら全国紙にも引けを取らない知名度を有し、発行部数からしても大手といっていい。

　そして思い出されるのは……高校生の頃、地元の新聞社で単発バイトをした時のこと。

高校野球の地方大会で記者たちが県内各地の球場に散っている間の電話番で、大した労働ではなかった割に、結構いい日当をもらったのを覚えている。

　オイシイ手取りのわけは、記者だった友達のお兄さんから直接頼まれたバイトだったので、派遣会社のように間に入るものや募集や採用にかかる経費がない分、丸ごと私の取り分になったからだそうだ。下手にパートやアルバイトの募集を出すと応募が殺到して面倒なので、こういう時は身内を中心に紹介で人を集めるようにしているのだと聞いた。

　翻って考えてみると。田舎の地方紙ですら単発バイトでもいいから働きたいという意欲ある若者がゴマンといる世の中で、子会社とはいえ、たった半年で武州新聞グループの正社員になれるかもしれないという話が、何のコネもない私なんかのところに回ってくるものだろうか。

　いくら急な欠員の代打とはいっても……就職どころか派遣としても容赦なく切られたような私にとって、このオファーはどうにも話がうますぎるように思えるのだ。

　私だって、こんなこと考えたくはない。ただただ今回は運がよかった、いや今までが悪すぎた分、やっと星が巡ってきたのだと信じたいけれど……より深刻な気がするのは、もう一つの懸念事項。

　ろくに下調べをする暇もなく、こうして初出勤することになったものの……ネットで検索した限り、この周辺に武州新聞グループのオフィスは見つからなかった。昨夜も何度も調べたし、今もダメ押しのつもりでもう一度検索してみたけれど、やっぱり出てこない。浦和にさいたま支局があるが、ここから京浜東北線で三駅も離れているから、そこが目的地ならここで待ち合わせをするのはおかしいだろう。

　やっぱり、何か変……大橋さんも来ないし……もしかして、この話も大橋さんからの電話も、全部私の妄想？　就活に心折れすぎて、とうとうここまできちゃったんじゃ——

「岩城さん」

　空恐ろしくなって、自分で自分を掻き抱いた時だった。

「おはようございますー、すいませんお待たせしました、どうも、ご無沙汰しておりまして……ってどうしたんですか岩城さん、え、もしかして寒いですか？」

「あ、いえ、これは何でも……おはようございます、今日はよろしくお願いします」

　ほっと力が抜けた。現実だ。ちゃんとこうして、本物が現れてくれた。

　久しぶりに顔を合わせた大橋さんは記憶よりも丸くなっていて、暑そうに額の汗を拭っている。今日の陽気では、彼の方が正しい身体的反応といえる。

「こちらこそよろしくお願いしますー。じゃ早速行きましょうか、こっちです」

「はい」

私は心から安堵していた。こうして約束通り大橋さんが来てくれて、今からオフィスへと連れていってくれる。連れていってくれる以上、間違いなくオフィスは存在しているわけで、きっと私の検索の仕方が悪かったのか、できたばかりのオフィスでまだネットに反映されていないとか、そんな事情だったのだろう。

本当に私、今日から武州新聞グループで働くんだ。

そう実感した途端、さっきまでの不安とは打って変わって、胸にきらきらと輝くやる気が満ちてきた。正社員になれるように頑張ろう。心の中でぐっと拳を握り締める。

「岩城さん、見てくださいあの駅直結のショッピングモール、結構大きいでしょう」

「はいっ！」

「あと駅の反対側には大きな病院もありますし……あとはあれですよ、さいたまスーパーアリーナ。何万人入るんでしたっけ、とにかく大きいですからね」

「色々、大きいのがあるんですね」

駅も規模の割にコンコースがかなり広かった。基本サイズ感のデカい街なのだろうか。

「すぐ隣は大宮で、今は浦和にパルコもできたし、この辺なら買い物には困らないでしょうねぇ」

「そうですね」

コンコースからそのままショッピングモールへと繫がるペデストリアンデッキの上で、大橋さんはこの周辺のことを伺くれと説明してくれる。たしかに商業施設は充実しているようで、仕事帰りに買い物するにも便利そうだ。

「公園もえらいたくさんあるって聞いたんですけどねー、まあその辺はおいおい、ご自身で確認していただいて」

「あ、はぁ」

公園は別に、あってもなくてもいいけど……まあでも近くにあれば、外でお弁当食べたりできていいのかな。それにしても、フジタ計器に派遣された時には、こんなにあれこれと親切に教えてはくれなかったのに。今は職場環境のリサーチと説明を徹底する方針に変わったのかな？　だとしたらありがたい。

「それから学校なんですけど、小学校がちょっと遠いみたいなんですよねー」

学校？　の情報は全然いりませんけど⁇

眉を顰める私に、大橋さんはどこか申し訳なさそうな苦笑を返した。

「けどこの辺は私立に行かせる家も多いのかな？　ちょっとそこは、僕もわからないです」

わからなくていいですよ、私も別に、知りたくないので。

何だろう、大橋さんの中ではこういうのが普通の世間話なんだろうか。お子さんがいるとか聞いたこともないけど……そもそも結婚してるのかな、たぶん三十代だろうけど……あ、指輪してる……ってことは既婚か。数回しか会ったことないし、プライベートのことは何も知らなかったな。

「岩城さん、聞いてますー？」

「あ、はい。すみません」

いけない、ジロジロ見て失礼だった。

「いやこちらこそすみません、いきなりいっぺんに言われてもアレですよね。徐々に……ってわけにもいかないでしょうけど、周辺環境なんかは大事だと思うんで、まあ頑張って覚えてください」

「あ、はぁ……」

……何だろう、この違和感は。何かが嚙み合っていない、そんな気がする。

「ほら見えましたよ、あそこです。どうです、なかなか駅から近いでしょう？」

デッキ上で足を止め、大橋さんが遠くを指差す。そんな大雑把（おおざっぱ）に「あそこ」と言われても、たくさんの建物があって、どれが目的地のオフィスなのか見当もつかない。

「えっと、どれでしょう……あ、あの五階建てくらいのビルですか？」

相槌（あいづち）代わりに適当に新しそうなビルを挙げると、大橋さんは何故か噴き出した。

「何言ってるんですか岩城さん。あそこですよ、あの、白い仮囲いがしてあるところ」

「へ？　仮囲いって……あ」

示す方向にはたしかに、壁ともフェンスともつかない白い板で囲まれた一角があった。その板には建設会社などをはじめとした企業ロゴがいくつも並んで描かれていて、そのうちの一つ、緑色の剣のようなペン先のマークに目が留まった。

武州新聞のシンボルマークだ――半年後には自分もこの社章を身に着けるのかもしれないと、ドキドキニヤニヤ、恋人だったら重いとフラれるくらいに見つめたマークだから間違いない。あのペン先の穴も、私の視線で開いたような気がする。

なるほど、あそこにオフィスビルが建つのだろう。敷地の広さを見るに、想像よりもずっと大規模なオフィスになりそうで、それはとても、いいのだけれど……。

「あの、大橋さん。あそこって、工事現場ですよね……まだ建設中に見えるんですけど」

クレーンやら何やら大がかりな重機が地面に近いところを突っつき回している様子からして、ビルが完成するのはまだまだ先だろう。

「そりゃそうですよ。今建ててる最中なんですから」

「ええと、じゃあ私は、今日からどこで働けば……」

「それはもう少し手前の、あそこ見えますか？　小さい……といっても敷地と比べればですけど、プレハブの三階建てです」

言われて見れば、手前にひときわ真新しい建物があった。プレハブというにはだいぶ立派なその建物の看板にも、工事現場の白い囲いと同様、武州新聞を含む複数の企業マークが小さいながらも見て取れる。

石造り風の外壁と、磨き上げられた大きなガラス面。瀟洒な外観は高級デザイナーズハウスさながらで、オフィスビル落成を待つ間の仮設事務所にしては凝りすぎている気がしないでもないけれど……他にも誰もが知っているような財閥系企業のマークがちらほら見えることからして、共同ビルに違いない。仮設事務所も大企業が寄ってたかって建てるとこんな具合になるものか。

「素敵なオフィスですね」

ほうとため息が漏れた。素敵すぎて、ちょっと気後れしそうではあるけど――

「あんなところで働けるなんて光栄です。まるでショールームみたいじゃないですか」

つい声が弾んでしまう。だってこんなの、はしゃぐなって言う方が無理だ。憧れていた出版業界そのものではないにしろ、地続きと言えなくもない新聞社で働けて、しかもオフィスはあんなに綺麗で。こんなにツイてていいんだろうか。

急な話ではあったけど、声をかけてもらえて本当によかった……大橋さんへの感謝が止まらない。言葉にならない思いで福の神さまを見つめると、恵比寿顔の彼は言った。

「ショールームみたいというか、ショールームですけどね」

うん？　「ショールーム、なんですか」あそこで何をSHOWするの？

「はい。いやモデルルームって言うのかな、ええとたしか、正式名称は……」

そう言ってごそごそと鞄を漁りだす。

「ああ、マンションギャラリーですね。『ハピネスフィアタワーマンションギャラリー』です。あ、これ資料としてどうぞ」

手渡されたのは、よく新聞に挟まっているような新築マンションのチラシだった。でかでかと目に飛び込んでくる〈駅徒歩七分〉の文字。空撮写真の一部分からは召喚魔法のような神々しい光の柱が立ち昇っている。

「舌嚙みそうですけど、ちゃんと覚えてくださいね。電話取る時とか『はい、ハピネふぃ……ぷぷっ、ハ、ハピネスフィアタワー、マンションギャラリーですっ！』って、言わなくちゃいけないんですから……！」

早速自分が嚙んだのが面白かったのか、大橋さんは一人爆笑している。

私はくすりともしなかった。あまりに話が見えなくて、笑うどころじゃない。

「岩城さん？　どうかしました？」

ひーひー笑いながら覗き込んでくる。私はチラシの端をくしゃりと握り締めた。

「あの……マンション、って」

突然、本当に突然どこから出てきたんでしょうか。

「ちょっと、よくわからないんですけど……私、これからいったい、どういう仕事を……？」

「具体的な業務は、現場の指示に従ってもらうことになりますんで……」

「それはわかってますけど、大枠からもう、何か、思ってたのと違うような気がするというか……誤解がありそうなので、ちゃんと、一から説明してもらえませんか？」

はぁ、と気の抜けた返事。

「そういえば、あまり詳しいことはお話しする時間がなかったですね。わかりました、じゃあ繰り返しになっちゃいますけど、もう一度最初からご説明しますね」

大橋さんは、わざとらしく改まった様子で私に向き直った。

「あそこに、タワーマンションが建ちます」

「はい」

「それを、岩城さんが売ります」

「ごめんなさいもうわからないです」

ええー、と不満げな声。こっちは二の句が継げないほど困惑しているというのに。

繰り返し？　もう一度？　初耳だわ。今、初めて、聞いたわ。

「わかんないって言われても……参ったなぁ、今言ったそのまんまなんですけど。営業だっていうのはお伝えしましたよね？」

「はい、それは……」

大橋さんは出来の悪い生徒と茶番じみた問答をするが如く頷いた。

「これからあそこに建つマンションを売るのが、岩城さんのお仕事なんですよ」

「ちょ、ちょっと待ってください、派遣先は武州新聞ですよね？」

「そうですよ。武州新聞リアルエステート」

「リア……えっ？」

「リアルエステート。ぅルゥィアル、エステーッ。ぷはっ、ははは」

は？　ムカつくんだけど――ってムカついてる場合じゃなくて、どういうこと？

聞けば聞くほど意味がわからない…………何で？　何で私が、マンションなんか売らなきゃいけないわけ!?

「だっ」脳が混乱していて、神経伝達がうまくいかないのだろう。舌がまともに回らない。

「だって……武州、新聞ですよね？　その子会社なら、新聞そのものじゃないにしたって、何かしら読み物に関わる会社なんじゃ……」

「それはですから、この間も電話でお話ししたと思うんですけど。今はとにかくネットに圧(お)されて、新聞も厳しいんですよ。部数は減る一方で、これまでみたいに新聞の売上だけに頼ってはいられないそうなんです。このご時世ですからね」

「だからっ、ネット配信事業とかじゃないんですか？　それかタウン誌とか……私、そういう新規事業に携(たずさ)われるものだと……」

「そんなの、岩城さんの経歴でオファーするわけないじゃないですかー」

——ペキポキ、ザクッ！　と私の心を噛み砕かれた。やだなーとか笑いながら。

「いやー僕もこのお話頂くまでは知らなかったんですけどね、不動産事業で利益を出してる新聞社って意外と多いんですって。ビルテナント業で随分儲かってるところもあるとか……武州さんも、古い印刷所があった土地を上手いこと転がしたり何だりしてたみたいなんですけど、このたび本格的にマンション事業に乗り出すことになったっていうので、まあ、今回のお話だったわけです」

わけです。じゃなくて…………知らない。そんな話聞いてない。詐欺でしょこんなの。

膝(ひざ)がガクガクと震えてきた————怒り？　失望？　もうわからない。期待が大きかっただけに、さっきまで目の前に光り輝く道が伸びていただけに、突然足場を失って、立っていられなくなりそうだ。私の明るい未来が、幻の如く一瞬にして崩れ去ってしまった。

「岩城さん、顔色悪いですよ。大丈夫ですか？」

　大丈夫なわけあるか。

「わ、私……ふ、不動産……？　なんて、そんなこと、知らなかったんですけど……」

「えー僕言いませんでしたっけ？　いやでも子会社だっていうのは絶対言ったはずですし。新聞とは別の新規事業だっていうのもお伝えしましたよね？　まあ、お互い認識不足があったっていうことですかね」

　はぁ？　確認が足りなかったのは、そうかもしれないけど……でも、これはいくらなんでもあんまりでしょ。新聞社の子会社と言われて、不動産業だなんて誰が想像する？　やっと読み物に……少なくとも、読み物を取り巻く何かしらに携われると思ったのに。

「まあ、そういうことなんで。すみません、そろそろ時間ですから急がないと。気持ち切り替えていきましょう！」

　は…………は？

　切り替えられっかよ。他人事（ひとごと）か。他人事だな。あなたにとっては、大勢いる使い捨ての派遣一人に、ちょこーっと説明し忘れただけのことですもんね。困るのも、絶望するのも私だけ。大したことじゃないですよね。あーふざけんな。ふざけんなよ。

「大橋さん」

既に二、三歩先を進んでいたその男は、動こうとしない私を間の抜けた顔で振り返る。

「岩城さん？　どうしました、早く行かないと」

「あの、そういうことでしたら、その……」

怒りで心臓がバクバクしているのに、震えるほどなのに。

「そういうのは、ちょっと……思ってたのと、違うので……」

怒鳴れ。大きな声で、話が違うって。こんなの詐欺だ、馬鹿にしてんのかって。

「私には、難しいと思うので……すみませんけど……」

何で私が謝るの、謝ってもらいたいのはこっちの方なのに。こんな滅茶苦茶なことされて、もう最低限の礼儀さえ払う必要もない、悪しざまに罵ってやればいいのに。

「え……ちょっとちょっと岩城さん、まさかここまで来て、やっぱりやめますはないですよね？　当日ドタキャンはさすがにないですよー」

この期に及んで私の方を非難してくるとか……目眩がしそうだ。

今度こそ言ってやれ。もう二度とこいつと関わることなんてない、この際思いきりこいつの不手際をあげつらって、罵詈雑言を浴びせてやれ！

「……その点は、ご迷惑をおかけすることになって、申し訳ありませんけど……」

どこにどう迷惑がかかるとしても、全部あんたのせいでしょ。ていうか誰よりも迷惑被ってるのはこの私なんだよ！　……なんて、腹の中でしか悪態もつけず、面と向かっては何も言えない。私が営業向いてないと思うの、こういうとこ——小心者の卑屈な性格。

こんな自分が情けなくて仕方ない……けど、これだけは言わなくちゃ。この正当な主張だけは。

「……私は、不動産業だと知っていれば、このお仕事は受けませんでした……今回のお話は、なかったことにしてください」

たとえ自分に一点の非もなかろうと、何かを断るのって気力が削られる。勇気を振り絞って言った私は、やりきった思いだった。

「けど……岩城さん、言ってませんでしたっけ？　営業でも何でもいい、ど、ど、どんなことでもやりますって」

「え」

自分に、一点の非もなかろうと……。

「まあ、そんなに言うならいいですけど。またそうやって後から言うこと変えて、無理強いされたなんて言われちゃ敵わないですしね」

え、私が悪いの……？　いやまさか、そんなことないよね。何でもいいっていうのは、新聞社なら何でもいいっていう意味で、そもそもの前提が違ってたんだし。すべての元凶はこいつの説明不足なんだから……。

「じゃー僕とりあえず先方に謝ってくるんで。岩城さん、もう帰ってもらっていいですよ」

「あっ、はあ……すみません……」

いや何で私がちょっと後ろめたくなってんの。あっさり引き下がられても調子くるうもんだな…………まあいいや、帰ろ。私はそっと踵を返した。

どのみち不動産営業なんて、私にできるわけがないんだし。そう心でつぶやいた瞬間、自虐的な笑いが込み上げてきた。

この私に、マンションを売れだなんて……ほんと笑わせてくれる。こっちは自分の家賃だって払えなくなりそうだっていうのに。ああおかしい。

――――ぴた、と足を止めた。

そうだ。ここでこの仕事を蹴ったら、家賃、払えなくなるんだった。

……さーっと血の気が引いていく。

今日からフルタイムで働けるから、ギリギリ何とかなるはずだったのに……あれ、こうなると、どうなるんだろう。

今からバイトを探したって、今日明日から働けてそこそこの時給がもらえるところなんて見つかるかどうか。給料は大抵が翌月払い、今月中に働かないと、再来月まで無収入？生活費をとりあえずカード払いで先送りにしてる分もあるし……。

こめかみから汗が流れ、耳の前を伝った。

「………大橋さん」

振り返る私の顔からは、もはや一切の感情が消えていた。

背に腹は代えられぬ――仇の金でもあれば使う、か。お金がないというのは、何てみじめなんだろう。

人って、本当に脆い。

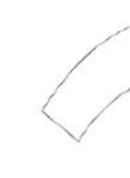

3　イケメンじゃありません、ハンサムです

ごろごろ、ふよふよ……どす黒い粒が液体の底で躍り、緑と白の境界線を混ぜてゆく。

「いやー岩城さんが考え直してくれてよかったです！」

駅近くのコーヒーショップ。私は無心で極太ストローを弄び、抹茶ミルクの底に沈んだタピオカを掻き回していた。タピオカ全然好きじゃないけど、悔しいから一番高そうなのを頼んでやった。ささやかすぎて抵抗にすらならないのは自分でもわかってる、どうせ経費だし。けど飲んでみたら案外美味しかったから、得したと思おう。

「さっきはちょっと約束の時間ギリだったんで焦りましたけど、先方も少し遅れるって連絡があったので、ちょうどよかったですね。武州の社員の方が迎えに来てくれますから、ここでご挨拶したら、その人と一緒に現場に行ってもらうことになります」

「はぁ。何で直接オフィス……マンションギャラリー？　に行かないんですか」

いつも思うけど、蓋に挿さったストローで飲み物を掻き混ぜるのって、痒いところに手が届かない感じでもどかしい。

「まあそのあたりの詳しい事情も、その社員さんから説明がありますから。僕も不動産業のことはよく知らないので、直接聞いてもらった方が間違いもないと思いますよ」

「はぁ……」

「もーそんな顔しないでくださいよ、営業なんですから、スマイル、スマイル。ちょっと思ってたのとは違ったかもしれないですけど、武州新聞のグループ会社で働けるのは間違いないんですから。ここで頑張って社員になれば、いつかは岩城さんの希望する、その……読み物？　に関わる仕事だって、できるかもしれないじゃないですか」

「そう……ですかね」

正直それは、私も考えないではなかった。

「そうですよー、千里の道も一歩から！　それになんですけどね？　これから岩城さんが一緒に働くことになる社員さん、ハンサムなんですよー。何て言ったかな、あの俳優に似てて……武州の人事部長の話では、仕事ぶりも規格外だそうですよ」

「へ、へえ……そうなんですか」

今時ハンサムって言葉もなかなか聞かないけど、大橋（おおはし）さんてアレかな、カップルのことアベックって言っちゃう人なのかな。ていうかそんなことで私の機嫌が直るとでも思ってんの？　どうせ彼氏もいないと思われてるんだろうな……まあいませんけど。

「私ちょっと、お手洗い行ってきます」

腹立たしいニヤケ顔と正対し続けるのに堪えかねて、化粧室へと逃げ込んだ。手洗い場のスペースでバッグからスマホを取り出すと、検索窓に文字を打ち込む。

まだ、完全に諦めきれていない自分がいる——もしかして、もしかしたら、本当は普通に新聞社で働けるのに、大橋さんがもう手のつけられないようなサイコパスでわざと私に嘘を言って面白がってるだけなんてこと、ありはしないか。だって何度も、さっき駅で待ってた間だって〈武州新聞　さいたま新都心〉で検索したのに、武州新聞リアルエステートなんて、あんなマンションなんて、ほらね、一件も出て——きたね。

あった……うん、よく見たら普通に一番上にヒットしてた。マンション？　関係ないわ、検索結果にしれっと広告混ぜてくんのほんとウザいなーくらいにしか思ってなくて、無意識に不可視フィルターがかかっていた。

「現実……」

手のひらのスマートフォンが映し出すシビアな現実が、両目に突き刺さってくる。

本当に私、今日から不動産営業として働くんだ……。

どうしよう、営業ってだけでも不安なのに、不動産とか何か怖いし。きっと厳しいノルマを課せられて、達成できないとオラオラ系の上司に恫喝されて、いつしか感情が麻痺した私も他人様の玄関ドアに革靴を捩じ込んで「ハンコ捺すまで帰らねぇからな」と凄んだりするようになるんだろうか。このイメージが、私の偏見であってくれることを願う。

深くため息を吐き出すと、気を取り直して洗面台の鏡に向き直った。別にイケメン社員に期待してるわけじゃないけど……一応、身だしなみはチェックしておこう。

ヘアゴムで一つに結んだ髪は乱れていない。スーツにも目立った皺や汚れナシ。見慣れた薄味の顔は――――うわっ、珍しくマスカラなんて塗ったら、下まぶたに黒く滲んでる！　友達から海外のお土産でもらったまま未開封だったマスカラを、よりによって今日初めて使ったりするんじゃなかった。初日のハリキリが完全に裏目に出た……。

綿棒でもあればよかったけど、日頃アイメイクをしない私のポーチからそんな気の利いたものが出てくるはずもなく、しょうがないので折り畳んだティッシュの角にハンドクリームをつけて目の下を拭った。一応取れたけど、時間が経ったらまた滲んできそうだな……どうしよう、いやどうしようもないよね、ここで顔洗うわけにもいかないし。

ひとしきり頭を捻った末に、まあいいやと結論づけた。

本当、決して、これっぽっちも、イケメン社員に期待なんかしてないんだし。第一、派遣先の社員とどうこうなるなんて、もうこりごりなのだから。

それにどうせ、不動産営業なんてチャラい人ばっかりだろうし。きっと妙に日焼けしてて香水キツくて、ちょっと怖そうなツーブロックかオールバックで、ピンストライプのダブルスーツとか着てるに決まってるんだから。

偏見が止まらなくなってきたので、思案を切り上げて席に戻った。大橋さんの向かい、さっきまで私がいた場所に座っている人物は、もしかしなくても——

「……あなたが岩城さんですか。おはようございます」

振り返ったその人は、完全に私の想像を裏切っていた。

ピンストライプのダブルスーツじゃない。白いワイシャツにグリーンのネクタイ、手には落ち着いたグレーの背広を抱え、柔らかな物腰で立ち上がる。ハーフリムの眼鏡の奥で、優しく目が細められた。

「はじめまして。武州新聞リアルエステートの、日下部（くさかべ）寿（たもつ）と申します。これからよろしくお願いいたします」

おっとりと投げかけられる、柔和（にゅうわ）な笑みに思わず言葉を失ってしまう。

「——あ、は、はじめまして……岩城澪（みお）です、よろしくお願いします……」

わあ……本当だ、これはたしかにハンサム。

だって草刈正雄（くさかりまさお）に似てるもん。

たしかにこれは、イケメンじゃなくてハンサムだわ。ハンサムなおじいちゃんだわ。

「どうも、このたびはうちの人事がヒュリソさんに無理をお願いしてしまったようで。突然の依頼に応じてくださって、大変恐れ入ります」

「い、いえ……」

いい人そうだし、おじいちゃんはちょっと言いすぎかもしれない。けど、大橋はいったいどういう感情で二十五歳の独身女性に対し、この人がハンサムだという情報を事前に与えたのかを知りたい程度には、お年を召していらっしゃる。絶対言う必要なかったよね？まあ年上は嫌いじゃないよ。嫌いじゃないけど、第三者から見て、私とこのロマンスグレーの紳士とが普通にその、そういう感じに思われているとしたら、ちょっと、気持ちの整理が難しい。

「岩城さんの初日だというのに、遅れてしまって申し訳ありません。オッチョコチョイなもので、今朝間違えて妻の携帯を持って家を出てしまいまして。娘が電話をくれたので、途中で気づいて家に戻ったんですが……いや、面目もございません」

ちゃんとご家庭もおありじゃないですかー。いやほんとわからない、大橋、あなたという人がわからない。やはりサイコパスなのか。

「あはは、それは大変でしたねー、朝からお疲れさまでした。じゃ僕はこの辺で」

サイコパスだと思って見るとぞっとする笑みを浮かべて、大橋さんが席を立った。

「それじゃ岩城さん、詳しいことはこちらの日下部さんから聞いてもらって、後はよろしくお願いしますね」

「えっ、ちょ……」

さっさと出てゆく背中を追いかけ、私も店の外に出た。日下部さんは席に残ってコーヒーを飲んでいる。

「岩城さん、まだ何かあるんですか？　僕もう行かなくちゃならないんですけど」

「あのっ、私やっぱり、不安で……」

だって何もわからないのに、こんなにいきなり、ポイッと放り出されるなんて——

「岩城さん」

諭(さと)すような笑みに、あ、これはダメだと悟った。

「大丈夫、岩城さんならできますよ。自信持ってください」

「いえ、あの、そういうことじゃなくて……だって私、営業も不動産もまったくの未経験なんですよ？　せめてちゃんと、研修くらいしてもらってからじゃないと……」

「心配いりませんって。クライアントの武州さんから未経験者でもいいってオーダーなんですから、ここで経験を積むつもりで、チャレンジしましょう！　習うより慣れろ、実践(じっせん)

あるのみ、OJTですよ！」

　ポジティブっぽく押し切られ、もはや絶句するしかない。

「それに日下部さんは、この道三十余年の大ベテランだそうですよ。長年会社を引っ張ってきた人で、社内でも一目置かれる存在だって聞いてます。そんな人からマンツーマンで一から仕事を教われるんですから、こんなチャンスはありませんよ。しかも優しそうな人だったでしょう？」

「いや……たしかに日下部さんはいい人そうで、安心しましたけど……でも、やっぱり不動産営業っていうのは……」

「それはまあ、岩城さんの本意ではなかったのかもしれませんけど。それでも武州新聞グループですよ。まずはここで認められて社員になるのが第一歩と考えて、ゆくゆくは新聞なり出版なりの方に移れるように掛け合ってみたらいいじゃないですか」

　冷えたスプーンでパフェグラスの底を掻くように、心の片隅が甘く抉られた。そうだ、これは和風パフェの粒あんだ。甘ったるくてざらざらと舌に残る、苦手な食べ物。だけど大好きな抹茶と白玉の組み合わせに必ずつきまとうそれを、私はいつだって一緒に平らげてきた。最初に我慢して粒あんから片づけてしまえば、後は至福の味わいを堪能するのみ。

「まずは頑張ってみてください。本当に、こんなチャンスは滅多にないんですよ？　結果さえ出してくれれば、半年と言わず、すぐにでも正社員登用してくれるって話ですから」

正直心に響いてしまっているのを認めたくなかったのか、私はわかりきったことを尋ねていた。

「結果っていうのは……」

「それはもちろん、マンションを売ることですよ。それが岩城さんの仕事ですから」

単純明快な答えを残し、大橋さんは駅へと去っていった。……逃げられた。

「岩城さん？」

気遣わしげな声に振り返る。コーヒーを飲み終えたのか、日下部さんも出てきていた。

「どうかしましたか。何か問題でも」

「あ、いえ……何でもないです、すみません」

私の返事に、日下部さんは莞爾として笑む。

「ならよかった。では、そろそろ参りましょうか」

その時にはもう、私は覚悟を決めていた。

「はい…………これから、よろしくお願いします」

4　職場カーストの片鱗

まだ十時過ぎだというのに、陽射しで気温はぐんぐん上がり、歩道を歩いているだけで汗が滲んでくる。

「日下部さんのお嬢さん、大学院生なんですね」

先刻デッキ上から眺めたマンションギャラリーへと向かう道すがら、私たちは自己紹介がてらに雑談を交わしていた。日下部さんは東京生まれの東京育ち、郊外の一戸建てに奥さんと娘さんと三人で暮らしているそうだ。

「ええ。さして突き詰めたい学問があったわけでもないようですが、就職活動がうまくいかなかったもので、先延ばしにしてズルズルと……いやはや、同じ年頃でも岩城さんはきちんと自立していらっしゃって、ご立派なことです」

「いえ、そんな……」

自立か——たしかに親元からは離れているけど、それも続けられなくなりそうで嫌々この仕事をする羽目になっている派遣の私には、皮肉みたいなものだ。

それにしても、娘さんが同世代って……もうお父さんじゃん。何ならうちのお父さんより老けてるし。日下部さんは話しにくい人ではないけど、職場には年齢の近い人もいるといいな。一緒にランチできるような女の子とか。

「あの、派遣は私一人なんですよね？　武州(ぶしゅう)の社員さんって、日下部さんの他には何人くらいいらっしゃるんですか」

私の質問に、日下部さんはおっとりとかぶりを振った。

「他にはおりません。武州の営業は、わたしと岩城さんの二人だけです」

「えっ」思わず足を止める。「だってあの、タワーマンションって、いっぱい、何百って部屋があるんじゃないですか？　それを、私たち二人で売るんですか!?」

焦(あせ)る私に、日下部さんはほわんと笑って、また歩きだす。

「いいえまさか。ハピネスフィアタワーは、武州だけの現場ではないんですよ。JV(ジョイントベンチャー)といいまして、複数の会社が共同で開発している物件なんです。各社からそれぞれ数名ずつ営業マンが集まって皆で売るんですが、岩城さんにはそこに、武州(うち)の営業として加わっていただくわけです」

「あ、なるほど……」

そういえば、あの囲いの壁やマンションギャラリーの看板には武州新聞含め数社のロゴが並んでいた。ていうか……他の会社って、大企業ばかりだったような。

「武州の他には、和合不動産さんと、それから菱紅地所さんの営業が入っています。着いたら皆さんご紹介しますので」

やっぱり……和合と菱紅。どちらも財閥系の、子どもだって知ってるような超大手！

もしかしなくても、これって結構、だいぶすごいプロジェクトなんじゃ……。

「あの……そんなところに、私みたいな未経験の派遣が入っていって、本当にいいんでしょうか……」

どう考えても場違い感が半端ない。私の場合、本当は読み物に関わる仕事がしたかったのに思っていたのと違ったという経緯があるから、釣り求人に引っかけられたみたいな気分になっていたけど……はなから営業志望の人や不動産業界に興味がある人にとっては、むしろこぞって手を挙げるような花形の現場なのではなかろうか。

大企業のエリートたちと肩を並べて、一緒に大きなプロジェクトを経験できる。職場はお洒落で華やかそうで、是非やりたいという人材は掃いて捨てるほどいるはずだ。そんな中に、こんな後ろ向きな私みたいなのが紛れ込んでしまっていいのだろうか。

「大丈夫ですよ」

微笑む日下部さんの顔からは、本当に微塵の懸念も感じられない。

「派遣だなどと、わざわざ言わなければ誰も確かめる人はおりません」

……ん。

今、にこぉっと言われたけど、ん、どういうこと？　待って……もしかして私に、経験も知識もゼロのこの私に、これから大企業エリートたちの中に交じって、自分も一端の正社員みたいな顔して働けってことなの？　――――いやそんなの無理！

「はァ、着きました。岩城さんこちらですよ」

はっとして顔を上げると、件のマンションギャラリーの正面だった。

「ちょ、ちょっと待ってください日下部さん……！」

隣地との隙間にするりと入っていく日下部さんを、慌てて追いかける。まだらな砂利敷きの狭い通路を進み建物の裏側に回ってみると、立派なのは正面だけで、大通りから見えない部分はたしかにプレハブらしい簡素な造りであることがわかった。

「我々関係者は、この裏口から出入りします」

「あの、日下部さん――」

待って。その言葉が口から出る前に、日下部さんはドアを引いていた。

あっ……。

表とはえらい違いの安っぽいドアの内側は、玄関も何もなくダイレクトに事務所だった。教室の机のように一方向を向いて並んだデスク、そこに座る人たちが一斉にこちらを振り返る。そのうち何人かと目が合った。

始まってしまった――

「おはようございます。どうも、遅くなって申し訳ありません」

「おっ日下部さん、その子が例の、斎藤さんの代わりの？」

奥の席から男の人が声をかけてきた。斎藤さんというのは私の前任者のことだろう。

「はい。今日から皆さんのお世話になります、うちの新人です」

ドアの前に立ち竦んでいた私は、日下部さんに促され、観念して頭を垂れた。

「岩城、澪です……よろしくお願いします」

――私の勤務が、今この瞬間から始まってしまった。

「では、お一人ずつご挨拶しましょうか。岩城さん、中へどうぞ」

「あ、はい……」

日下部さんに倣い、私も靴のまま上がる。中は土足のようだ。中央を通路のように広く空け、奥の壁側と手前の窓側に横二つずつデスクが並んでいる。

日下部さんはまず一番奥の、さっき声をかけてきた人のデスクに向かった。おそらく三十代、七三分けの髪型とチタンフレームの眼鏡のせいか、頭が良さそうに見える。我ながら単純な思考回路だけど、間違ってはいないはずだ。和合不動産でも菱紅地所でも、頭良くなかったら就職できないだろうから。

「こちらは和合不動産の三田村さん。この現場のサブリーダーです」

背もたれに肘を掛け「どーも」と背中を反らして言うその人に、私は改めて挨拶した。

「若いね、ひょっとして今年の新入社員？」

「え？　あ、ええと……」

目で助けを求めると、日下部さんは微笑を浮かべて代わりに答えてくれた。

「実は今回が初現場なんです。不慣れなこともあるかと思いますが、ご容赦ください」

う、上手い……のか？　否定はしてないから、新入社員ってことになっちゃったような……しかもこれ、現役設定なら歳もサバ読んだことになるのでは。芸能人じゃあるまいし、私の人生でサバを読む機会があるとは思いもしなかった……けど不慣れなのは間違いないし、先に新人だと断りを入れてもらえたのはよかったのか。いやでも……。

「ふーんなるほど、デビュー戦ね。うん、まあ頑張って」

「は、はい、よろしくお願いします……」

考えても仕方ない。それ以上突っ込まれなかったことにほっとして切り上げた。

それにしても、いくら私がド新人とはいえ、仮にも他社の人間（本当に仮だけど）に対して、ちょっと礼儀に欠けるというか、態度に引っかかるところがないでもないけど……まあ、色んな人がいるからな。

　三田村さんの隣は離席中のようで、日下部さんはその後ろの列に私を促した。二列目の二席、右側の若い男性は電話中だ。デスクに肘をつき、背中を丸めて両手で受話器と口元を覆い、何やら険しい目つきで話し込んでいる。俯いていてよく見えないけれど、掻き上げた前髪から覗く額が綺麗で、眉は凛々しく目元も涼しい。ネイビーのスーツ姿も爽やかで、一見してさすがエリート営業マンと思わされる……なんて感想を抱きつつ眺めていると、視線に気づかれてしまった。

「あ」

　目が合ったので、咄嗟に会釈する。無言の「よろしくお願いします」だ。すると彼は受話器を握ったまま煩わしそうに眉を寄せ、くるりと椅子を回して背を向けた。電話のコードが肩に巻きついて、ビヨーンと伸びるほどあからさまに。

　いや感じ悪っ。ええ……と思って啞然としていた私の耳に、日下部さんのおっとりした声が届いた。

「こちら側の二列は、全部和合さんの島になります」

つまり、この感じ悪い人も和合の社員ということか。日下部さんは電話中のコードビヨーン男を飛ばして、その隣の席を示した。

「こちらは橘さんです」

そう紹介されたのは、はっとするほどの美女だった。ツヤサラで隙のないボブカット、お人形みたいに白くて小さい顔。ＳＮＳでよく見るような、綺麗も可愛いも両方当てはまる羨ましすぎる顔立ち……雰囲気は大人っぽいけど、瑞々しい若さは間違いなく二十代で、もしかしたら私と同じくらいかもしれない。いかにもショールームの制服らしいシックなブラックスーツと、襟元のピンク系柄スカーフもよく似合っている。

「和合不動産住宅営業部の橘麻里衣です」

「あっ、い、岩城澪です……よろしくお願いします」

思わず見惚れていた私は、慌ててはにかむ……けれど、彼女はにこりともせず「よろしくお願いします」とだけ返して、ノートＰＣに顔を戻した。

営業職にしては、あまり愛想がないような……隣の男も態度はアレでも外見はいいし、さては和合不動産、顔採用をしておるな？　何も和合に限った話じゃなく、世間一般でも営業とはそういう傾向なのかもしれないけど……日下部さんだって元イケメンだろうし。

「お次はこちら……」

「庄田りこです！　はじめまして。仲良くしようねっ」

食い気味に身を乗り出してきたのは、最後列右側の人だった。甘い声にふわふわのミディアムヘア、橘さんと同じスーツでイエロー・オレンジ系の柄スカーフをリボン結びにしている。この人も可愛い……和合不動産、やはり顔面偏差値が強豪。

「はじめまして、岩城澪です。よろしくお願いします」

それにしても、ようやく好意的な対応に触れてほっとしてしまう。緊張していた肩の力が緩むのと同時に、庄田さんもにんまりと笑みを深めた。

「澪ちゃん……可愛い」

聞き間違いかと目を瞬くと、庄田さんはもう一度「可愛いねー」と笑顔を傾けた。

可愛いのは庄田さんの方だし、私なんて親にもそんなこと言われないのに、咄嗟の返しがわからない。ただのお世辞にそんなことないですよ～って謙遜するのも大袈裟な気がするし、ありがとうございますってさらっと受け流すのも、私がやるには何だか……ああ、どうしよう。

「この人は何でも可愛いって言うから、いちいち真に受けなくていいよ。あ、あたしは能海静香。よろしく」

「あ……よ、よろしくお願いします」

若干引っかかる言い方ではあったものの、助け船を出してくれたのだろうか……ついでのようにあっさりと名乗ったのは、庄田さんの隣の女性。やはりお揃いのスーツにこちらはブルー系のスカーフで、薄ら小麦肌に水のようなツヤサラストレートロングの黒髪、グレージュのカラコンがちょっとギャルっぽいお姉さんだ。

「何でもじゃないよー、可愛いから可愛いって言ったんだよ？　澪ちゃん超可愛いじゃん」

「どこがよ。本気であのダッサいリクルートスーツも可愛いと思ってんの？」

「んーそれは思ってないかな」

「じゃあまさかあの、小汚くマスカラが滲んだ顔？」

──うそ、さっき拭いてきたのに、もうまた滲んでた？

「んーそういうんじゃなくて、なんとなく、全体的に？」

顔から火が出そうになって俯いた私は、そのまま自分のスーツを見下ろしていた。ダサい……ダサいか、まあたしかにお洒落感は皆無だ。けどだって、家を出る時は新聞社に出勤するつもりだった。地元の新聞社は全体的にタバコ臭くておじさんばっかりだったし、初日はこういう無難なのが間違いないと思ったのだ。こんな、煌びやかな人たちばかりの職場だとは思いもしていなかった。

やっぱり無理────こんな世界、私には無理だ。まだ何もしてないけど、もう逃げたくなってきた。

「これでひとまず、今ご挨拶できる方には紹介しました。では、わたしたちの席に参りましょうか」

「あ、はい……」

とはいえここまで来て本当に逃げ出す勇気も私にはないし、何よりもお金がない。場違いでも、おおむね歓迎されていない雰囲気だとしても……ここで働くしかないんだ。

日下部さんのやや丸まった背中を見つめていると、私はほんの少しだけ心が慰められた。実るほど頭を垂れる稲穂かな――ここで私が頼れる唯一の師匠が、何やらすごいらしい経歴を鼻にもかけず、むしろ低姿勢ともいえるくらいに物腰の柔らかな人でよかった。和合の人たちはちょっと怖いけど……うん、日下部さんとならやっていけそう。そういえば三田村さんがサブリーダーだって言ってたけど、じゃあリーダーは日下部さんなのだろうか。明らかに一番年上だし。

「岩城さんはこの、十番のPCを使ってください。帰る時は鍵付きのキャビネットに戻してくださいね」

「あ、はい」

コソコソと目の下を拭っていた私は、日下部さんからノートPCを受け取ると自席に着いた。通路を挟んで窓側の島、二列目が私たち武州の席だった。日下部さんは一番窓に近い左側の席で、私はその右隣。デスクには電話機や書類立ての他、前任の斎藤さんが使っていたらしきファイルや文具がそのまま残されている。

「今はいらっしゃらないようですが、前の二つは菱紅さんの席です」

私たちの後ろには事務机があるだけで、こちらの島にデスクは四つしかない。つまり和合が六人、菱紅と武州が二人ずつで合計十人の営業がいるということか。

ふぅ、と一息つく。さて……それでこれからいったい、私は何をしたらいいんでしょう。

コーヒーショップからの道中聞いた話では、このマンションギャラリーはまだプレオープンという状態で、週末のみの事前案内会というのを昨日終えたところ。日下今週末の正式オープンに向けての準備中ということだった。

つまり週末まではお客さんは来ないいし、いきなり接客したりしないで済むのは安心材料だけれど——接客。接客って、そもそも何をどうするんだろう。家はもちろん車だって買った経験がないし、ショールームの類いに足を踏み入れたこともないから、具体的なイメージが一切浮かんでこない。

和合の人たちの様子を見ると、皆それぞれ電話をかけたり、ＰＣを叩いたりとそれなりに忙しそうにしている。あれがオープンの準備ということなのだろうが、一方、隣の日下部さんはといえば――PCを開いたきり、動かざること山の如し。春風のように穏やかな微笑みを浮かべて、ただそこに座っている。

「あの、日下部さん」

「はい？　何でしょう」

通路を挟んだ和合の島まで聞こえるとは思わないけれど、念のため小声で話しかけた。

「私初めてで、何もわからないので一から教えてもらえますか」

「ああ。ネットをご覧になるなら、ＰＣのカバーを開けてもらいますと、内側に付箋が……ちょっと失礼。ほらこれです、ここに書いてあるのがユーザー名とパスワードですから」

「パスワードの意味ないですね……ってそうじゃなくて、仕事の内容を教えてほしいんです。ここに来たらまず何をすればいいのか、私がやらなきゃいけないことを……」

「まあ、そう慌てずに。一日は長いですから」

「え……でも」

「何事も、サボれる時にサボっておくのが長く続ける秘訣ですよ」

ウン十年と社会人生活を積み重ねてきた方らしい、含蓄のあるお言葉だ。けど私はサボりの心得の前に、今自分が何をサボっているのかを把握したいんですけど。

和合の人たちは私たちよりずっと先に出勤していたみたいだし、朝から忙しそうにしているというのに、この人の余裕たるや。年齢的にもそれなりの立場なんだろうけど、若造どもとは違うのだと言わんばかりのサボりっぷりはさすがにどうなのよ。

そういえば、前の会社にもこういう営業がいた。オフィスにいる時はろくに仕事をしているようには見えないのに、成績は常にトップ。自分は日頃せっせと働かなくても売る時にパーンと売れるという自信があるから、周囲の目も気にせず堂々とサボるし、それが黙認されていた。

正直羨ましい働き方だけど、私にはそんな実力もないし、出勤したら何かしていないと落ち着かない。今みたいに自分のやるべきこともわからないままただのんびりと座っているなんて、居た堪れないのだ。それも社員じゃなく、試用期間のような立場の派遣だと思えばなおのこと。

だからこの、暗闇の中でどこにも足がつかないような感覚を一刻も早く解消するために、こうしている間に少しでも仕事を教えてもらいたいのに。

「大丈夫ですよ。そんなに構えなくても、言われた時に言われたことをやればいいだけですから」

不安が顔に出ていたのだろう。宥めるように声をかけられた。

「けど……日下部さんもご存じですよね？　私そもそも営業の下地も、不動産の知識も何もないんです、本当にまったくの素人なんですよ。いきなりじゃきっと指示にも満足に対応できないと思うんです」

「大丈夫。何も難しいことはありませんよ」

笑みを崩さずそう言うと、彼はおもむろに眼鏡を外し、悠々とレンズを拭きはじめた。

ああ……これは、いわゆるアレかな。一六〇キロ台のボールを投げるメジャーリーガー相手に、キャッチボール教えてくださいと頼んでしまったみたいなものかな。そうだよね、捕って投げるだけじゃん普通にできるでしょ何言ってんのって感じだよね。

……自習しよう。

諦めた私はひとまずPCを立ち上げ、ネットを開いた。今朝スマホで調べた時に出てきた、この物件のホームページをちゃんと見ておこうと思ったのだ。とにかく、自分がこれから何を売るのかくらいは最低限把握しないと。

けどその前に――私は検索窓に〈武州新聞リアルエステート〉と打ち込んだ。もはや存在を疑いはしないが、社員面をするには私はこの会社のことを知らなすぎる。

まずは検索トップに出てきた会社ホームページを開いた。就活でもさんざん目を通したけれど、資本金がいくらだ、取引銀行がどこだって無味乾燥の会社概要は読んでも頭に入ってこないし、社長だか会長だかの〈ごあいさつ〉は読む気がしない。私こんなんだから就活全敗したのかなと反省するのは後回しにして、事業案内のページに飛んだ。

〈わたしたちは、未来を拓く総合デベロッパーです〉

二分後には忘れていそうなコピーがページトップに躍っている。そうか、武州新聞リアルエステート社は総合デベロッパーだったのか、なるほどね。

「あの日下部さん、デベロッパーって何ですか」

時たま耳にするものの、実際どういうものなのかはよく知らない横文字の一つだった。A・ロッドにホームベースって何ですかと質問してごめんなさい。けどこれからのことを考えると、この人に私の正確なレベルを把握してもらうことも必要だろう。

「デベロッパー、ですか？　……ああ、はいはい」

裸眼を細めて私のPC画面を一瞥し、質問の意図を理解したようだ。そんなことも知らないでこの仕事を受けたのかと怒られる覚悟もしていたけど、日下部さんは少しの不興も示さず、淡々と眼鏡を拭きつつ答えてくれた。

「一言でいいますと、開発者というんですかね。用地を取得して、今回のようにマンションを造って分譲するのも開発ですし、街の再開発やホテル、大型商業ビルなんかを造るのもそうです。たまに混同されますが、ゼネコンはそのうちの建てる部分を請け負う建設会社なんですよ」

「じゃあ……私の中で不動産の営業っていうと、アパート借りる時に部屋を紹介してくれたり、家を売ったり買ったりするのを手伝ってくれる人のイメージしかなかったんですけど、そういうのはデベロッパーとは違うんですね」

この短時間で色んなことがありすぎて、まともに自覚する暇(ひま)もなかったけれど……今のこの状況は、私がイメージしていた不動産業とはちょっと違う。オフィスだって普通の不動産屋さんじゃなくてショールームだし、私の仕事はあの、まだ建ってもいないマンションを売ることだと言われた。

「ええ、そういういわゆる不動産屋とは別物ですね。家を売るにしても、仲介業は顧客の予算や希望から条件に近い物件を探して提案するのが基本ですが、デベロッパーの場合は自社の商品ありきで、会社から売れと言われた物件を売らなくてはいけません。ここでわたしたちが売れるのは、このハピネスフィアタワーだけです。どちらかというと、メーカーの営業に近いかもしれませんねえ」

「え、それって……売るのが難しいってことじゃないですか?」

お客さんの欲しい物を売るんじゃなくて、こっちが売りたい物を売るって——普通に考えて、後者の方がずっと大変だろう。

青くなる私の横で、日下部さんはピカピカになった眼鏡をゆったりと顔に戻した。

「その分デベロッパーは物件広告をたくさん打ちますし、一つの物件をチームでじっくり売ります。一方で仲介や賃貸は個人の技量とスピード感が求められますし、明確なノルマもあるところがほとんどですから、営業にとってどちらが難しいとは、一概には言えませんねぇ。仲介から転職してきて、デベロッパーの営業がのんびりしていると驚く人もいるようですし」

そういえば、広告を打ったりもしてもらうって大橋さんが言っていた。そういう仕事を早くやらせてもらいたい。

「大手のデベロッパーでも、ひと昔ふた昔前までは、立ったまま営業電話をかけさせられて、アポが取れるまで着席できない……なんてシゴキに近いことを夜遅くまでやっている会社もあったようですが、今はそういう時代じゃありませんし……」

いい世の中になりましたよね。と朗らかに言うけれど、何その時代怖い。

いやでも、それでも私の偏見イメージよりはだいぶマシだった……というか、まだここに来て数分だけど、既に私の想像とはかけ離れていると認めざるを得ない。

愛想の悪い人もいるにはいるけど、基本みんな接客業らしく爽やかに身なりを整えていて、荒っぽいどころか品の良さが漂っている。いかにもオラついていてそうな、オールバックにピンストライプのダブルスーツを着てる人もいなかった。

「まあ武州の場合、デベロッパーとはいってもまだ大した実績はありませんで、今のところはオフィスビルの賃貸業が主要ビジネスになっていますが。実を申せば、今回が初めてのタワーマンションプロジェクトなんですよ」

　そんな重大なプロジェクトだったなんて……プレッシャーが増すばかりだ。

「――お疲れさまです！」

　突如響いた三田村さんの声に顔を上げると、彼の席に近い室内ドアから誰かが入ってきたところだった。無言で歩く姿がダンディな、妙に貫禄のある人だ。

「滝さんがいらっしゃいましたね。岩城さん、ご挨拶しに行きましょう」

「は、はい」

　三田村さんの隣に座った、滝さんとやらのもとへ歩み寄る。たぶん四十代前半……そこまで歳じゃないし、髭を生やしているわけでもないのに、どうしてこんなにダンディなオーラを纏っているんだろう。ホテルマンのようなオールバックはむしろ清潔感があって爽やかで、肌も若々しいのに。

「滝さん、おはようございます。こちら本日からお世話になります、武州の岩城です。岩城さん、こちらはプロジェクトリーダーの滝さんです」

あれ、リーダーは日下部さんじゃないの？　明らかに日下部さんより若いけど……。

「はじめまして、岩城澪です。よろしくお願いします」

ともあれ今はちゃんとご挨拶しないと。ぺこりと頭を下げ、ゆっくりと姿勢を戻す――するると、目の前には蔑むように歪んだ顔があった。その目から、私をスキャンする視線が上下に注がれる。

「もうちょっと、何とか…………まあいいか、よろしく頼みます」

「……よ、よろしくお願いします……」

もうちょっと……何だろう。ため息で大体わかったけれども。それにしても、この人ちょっと怖い。威圧的ではないけれど低い声は厳格そうな響きだし、それを証明するかのように、滝さんが入ってきた瞬間から事務所の空気が重く張り詰めている…………絶対怒らせちゃいけない人だっていうのがひしひしと伝わってくるのに、馬鹿な私は、今気がつかなくていいことに――このダンディ感の正体に気づいてしまった。

この人、ピンストライプのダブルスーツ着てるじゃん。

いやイメージしてたのとはだいぶ違う、普通に今風で、お洒落に着こなしてるんだけど、オールバックもそうだし……まずい、ちょっと笑いたくなってきちゃった。

「――できた」

　色んな震えを必死で抑えていた時、突然和合の美女、橘さんが立ち上がった。同時に動き出した事務所後方のプリンターから一枚の用紙が吐き出されると、それを取って私に差し出してくる。

「早速ですけど、武州さんお願いします。Ｂ５縮小アイボリーで千部三つ折り、折チラとティッシュ、ＰＰで」

「えっ？　あ、ええと……」

　思わず受け取ったものの、何今のス○バの呪文みたいなの。Ｂ５縮小ってコピー？　ティッシュとか聞こえた気もするけど……。

「はい、かしこまりました。では行きましょう岩城さん」

「え、あの……」

　戸惑う私に、日下部さんはどこか茶目っ気のある笑顔でささやいた。

「お待ちかねの、お仕事ですよ」

　行くってどこへ……。

　尋ねる間もなく、師匠はどこか弾んだ足取りで裏口を出ようとしていた。

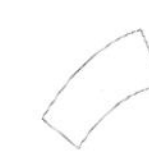

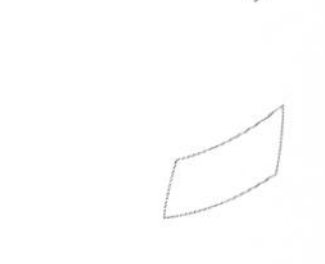

5　職場カーストの核心

目的地までは徒歩五秒。何てことはない、敷地内だった。

裏口を出たすぐそこ、マンションギャラリーの陰にひっそりと建っていたプレハブ小屋の中は薄暗く、大きな印刷機が牢名主の如く鎮座していた。片方の窓を塞いで置かれたスチールラックにはコピー用紙や何やらの包みが満載され、床には段ボール箱が雑然と積まれている。使い回し感溢れるくたびれた長机と、パイプ椅子二脚もあった。

「大量に印刷する時は、事務所のコピー機でなくこちらの印刷機を使います。岩城さん、この印刷機の使い方はご存じですか」

「あ、はい、前の会社にも同じものがありました」

「それならよかった」

そう微笑むと、日下部さんはまるで一仕事終わったようにパイプ椅子に腰を下ろした。

たくさんの紙とトナーの匂い。あの（正面は）瀟洒な建物に付属しているとは思えないような埃っぽい小屋に立ち尽くす私は、橘さんから受け取ったＡ４用紙に目を落とした。

〈ハピネスフィアタワー　マンションギャラリーいよいよグランドオープン！〉

〈駅徒歩七分　地上三十五階建ての圧倒的ランドスケープ〉

〈モデルルーム見学会　ご予約受付中〉

　なるほど、このモノクロチラシ原稿をＢ５で千部印刷、三つ折りにしろという指示か。

あとは何て言ってたっけ……。

「たしかアイボリーって言ってましたよね。アイボリーの用紙は……あ、これは裏紙の箱か。あった、アイボリー。箱開けちゃっていいですか？」

「ええ、どうぞどうぞ。さすが、もともと事務職の方だけあって理解が早いですね」

「いえ、そんな大したことじゃ……」

　あれ？　そういえば事務職の習性で自然と印刷に取りかかっていたけど、よく考えたらここでは私も営業なのに、何で同じ営業の橘さんにコピー取りをさせられてるんだろう……まあいいか。折り機もあるし、この印刷機で千部ならすぐ終わるから、ちゃちゃっと済ませて事務所に戻ろう。

　用紙を給紙台にセットし、一番上に裏紙を載せて、一枚試し刷りしてから部数を入力、印刷開始。唸りを上げてアイボリーの用紙を吐き出している間に、隣の折り機に電源を入れ、三つ折りの設定を済ませておく。ひとまずやれることが終わって長机の方を振り向くと、日下部さんはスマホを見つめて笑っていた。

「あの……何を見てるんですか？」

「ああ、見てくださいこの動画。ほら、サッカーの試合中に、審判が自分の方に飛んできたボールを受けてシュートしてしまったんですよ。ふふ、きっと現役の頃を思い出してしまったんでしょうねえ」

　ちょっ、仕事中に何を……と思ったけど、見せられた画面の左上には〈武州新聞ＷＥＢ〉の文字が見えた。何だ、親会社のウェブサイトをチェックしていたのか……一瞬普通にサボってるのかと思っちゃったよ、そんなわけないのに。

　ピーッと印刷完了の音がして振り返る。刷り上がったチラシを数回に分けて折り機にセット、スタートボタンを押して、三つ折りになったものを空き箱に詰め終わったのは、この小屋に入ってから十五分ほど経った頃だった。

「さすが、手際がよろしいですね。いや良すぎますよ、あんまり仕事が早くて、困ってしまうくらいです」

「いえいえそんな、初めての場所だから勝手がわからなくて……」

　否定系ヨイショにちょっぴり気を良くしつつ、形ばかり謙遜した私はチラシの箱を持ち上げた。さあ事務所に戻ろうと出口に向かう。

「待ってください岩城さん。まだ、ここでの作業は終わっていませんよ」

「へ？　あ、そういえば……三つ折りの後、何て言ってましたっけ……折チラ？」

「折り込みチラシですね。そこの棚に積んである、その茶色い包みを破いてみてもらえますか」

言われるがまま四角い紙の包みを破くと、中身はハピネスフィアタワーのチラシの束だった。今朝私が大橋（おおはし）さんからもらったのと同じ、新聞の折り込み広告に入っているような、ちゃんとした印刷所で刷られたカラーチラシだ。ただ新聞に入っているのと違って、コンパクトなＤＭ折りになっている。

「その折り込みチラシと、ポケットティッシュと一緒に、今三つ折りにしてもらったチラシをＰＰ（ポリプロピレン）封筒に封入です。ポケットティッシュは……おそらくそこの、ええそれです、その大きな段ボール箱じゃないでしょうかね。ＰＰ封筒の箱もどこかにあるはずです」

えっ……。

「封入？　封入って、このチラシが千部だから……まさか、千セット作るんですか？　手作業、ですよね……」

「そうなりますねえ」

ここまでは大した労力じゃなかったけど、封入千セットって、ものすごい手間だよね？　どのくらい時間がかかるのかも想像がつかない。

「景気のよかった頃は、こういう作業も現場で大勢雇っている派遣さんやアルバイトさんがやってくれていたんですけどね。今はマンションがなかなか売れなくなって、派遣さんも受付周りの女性を必要最低限しか置かない現場が多くなりまして……正式オープンの来週からは、平日も事務の派遣さんが来てくれることになっているんですが」

そ、そっか……ちょっと驚いたけど、これも営業の仕事というなら仕方ない。

日下部さんが「どうぞ」ともう一つのパイプ椅子を引いてくれた。この長机が作業台ということらしい。私は目ぼしい箱を漁（あさ）ってＰＰ封筒を見つけると、封入に必要なセットを長机に並べられるだけ並べ、ポケットティッシュの詰まった箱を足元に持ってきた。

「岩城さん、こちらにも半分ください」

地位も名誉もある壮齢の正社員にもかかわらず、日下部さんも一緒にやってくれるようだ。よし、ここは頑張ってさっさと終わらせよう。

私は気合いを入れて封入に取りかかった。前の会社はルート営業が基本だったから、こういう一般消費者向けの大量ＤＭ作業は経験がないけど……要は単純作業だ。集中し、素早く手を動かせばそれだけ早く終わる。

　黙々と封入していると、あっという間に自分の前に用意した折り込みチラシがなくなった。ふうと息をついて、チラシの補充に立ち上がる。

「岩城さん」

　はい？　と振り返る私に、日下部さんが言った。

「……そんなに、頑張らなくてもいいんですよ」

　柔らかく、沁み入るような笑顔にこの台詞。

　連日のハードワークに忙殺され疲弊しきったキャリアウーマンなら思わずトゥクンとしてしまいそうなシチュエーションだけど、私は無職生活から数か月ぶりに働きはじめて、まだ数十分しか経っていない。しかも日下部さんの手元を見ると——えっ嘘でしょ、まだ三セットしか封入してないじゃん、どんなスローモーションならこんなペースになるの？

あなたはもうちょっと頑張った方がいい。

「お、お気遣いありがとうございます……でも、早く終わらせて仕事に戻らないと」

「仕事……ですか」乾いた笑いを浮かべた私を、日下部さんは怪訝そうに見つめる。「これがわたしたちの仕事ですよ？」

「あ……すみません、別にコピー取りが嫌だとか、こういう作業に不満があるわけじゃないんです、ただ他の仕事もあるし、時間を無駄にしちゃいけないと思って……」

「他の仕事」

営業の仕事なんて何も知らないくせに、今来たばかりの新人が生意気だと思われただろうか。弁解しようと焦る気持ちが空回りする。

「いえ、その、広告打ったりもするって聞いていたので、そういうのちょっと興味があって、どんな感じなのか早く知りたいなーなんて……いえ、あの、初日からいきなり任せてもらえるような仕事じゃないのは承知してるんですけどっ、あ、もちろん本来の仕事はマンションを売ることだっていうのも、ちゃんとわかってるので……」

「はぁ。広告ですか」

日下部さんは、私の顔とチラシ類が並ぶ長机の上を交互に見た。

「それはもしかすると、これのことではないですかねえ」

「これ？」

おっとりと頷く彼は、自分が封入したわずか三つの封筒のうちの一つを摘まみ上げた。

「今やっている、これです。これもまあ、広告には違いありませんね」

「…………え？」

いや……いやいや。いくら大橋さんがポンコツでも、さすがにこの作業をそんな風には呼ばないでしょう。というかその前に、取り立てて仕事内容として伝えるようなことでもないし……毎日こんなことばっかりやらされるっていうならともかく。

——あ、冗談か。今さら笑うのも間が悪くて、私は中途半端な笑みを浮かべた。こういう会話スキルの低さも営業としてやっていけるか不安なところだ。

「はは……それで、広告の仕事って具体的にどういうことをやらせてもらえるんですか？　こういうカラーチラシとか、住宅情報誌に載せる原稿を作ったりするんでしょうか。あ、今は紙媒体よりネット重視ですかね、ホームページを作ったりとか？」

「そういうものは、基本的に和合さんの本社で手配していますから……情報誌との打ち合わせは滝さんも参加しているようですけど、現場で作るのはこっちの、モノクロチラシくらいですかねぇ。これは橘さんが担当のようですね」

「え、じゃあ私の仕事は」

「ですから、これです」

あれ……？　この表情、この口ぶり。冗談という雰囲気ではないような。

「それにしても……営業未経験とは伺いましたが、岩城さんはこういう作業がお得意なのですね。ふむ、これは上手い人選でした。うちの人事もやるものです」

え？　それって、どういう……。

「岩城さんは、この仕事に向いています。いえ、向きすぎて向いていないかもしれませんねえ。あまり早く作業が終わっては、やることがなくなってしまいますから。わたしはそれでも平気ですが、失礼ながら岩城さんは、その境地には至っていないようですので」

褒められてるんだか貶されてるんだか……というか、どうも話の筋が見えなくなっているような。

「ですがやはり、事務仕事に長けている方にオファーしたのは正解でしたね。前の斎藤さんは根っからの営業マンでしたから」

「あ……斎藤さんって、前任の社員さんですよね？　ご家庭の事情で辞めたっていう」

日下部さんは一瞬きょとんとして、それからふっと笑った。

「ええ、そうです、そういう建前になっているんでしたね。いや本当のところは、彼にはこの現場は物足りなかったと申しますか……営業としてのプライドをお持ちだったので、こういう仕打ちは耐えられない、もっと自分の実力を生かせる会社を探すと言って辞めてしまいました」

「こういう仕打ち？」

ってまさか……。

「こういう、和合さんの下働きのような作業ばかりさせられることですよ」

もしかして、とは私も薄ら感じていた。

どことなくアウェーな空気。言外に見下されているような気がするのは、自分が本当は派遣だという負い目のせいかとも思ったけれど——

「それじゃ、和合の人たちはいつも武州の営業に雑用を押しつけてるってことですか？　そんなの変ですよね、和合の方が武州より偉いとでもいうんですか」

「はい、偉いんです」

「偉いんですか」

そっか、偉いんだ……偉いんだったら、うん、何も言えないわ……っておかしいでしょ。階級社会じゃあるまいし、いくら財閥系の大企業だからって、いや一流企業だからこそ、この令和の時代にそんなジャイアンみたいな働き方。

「ハピネスフィアタワーは共同事業で、下請(したう)けみたいなこととは違うんですよね？　会社の規模が違うとしても、立場は対等なんじゃないんですか。辞めるほど嫌だったなら、指図されても断れば……」

日下部さんはいいえと首を振る。

「わたしたちは、和合さんの指図に従わなければなりません。何故なら実質ここは、和合不動産の現場だからです」

眉を顰(ひそ)める私に、日下部さんは教え諭(さと)すように語りだした。

「JV(ジョイントベンチャー)は共同事業とはいっても、基本的には各社の出資割合がプロジェクトへの影響力に比例します。一番出資割合の多い会社が主導権を握るという理屈はわかりますよね。ハピネスフィアタワーにおいては、和合不動産が最も出資比率の高い幹事会社なのです。その次が菱紅(ひしべに)地所で、武州新聞リアルエステートは最後。いうなれば味噌っかすです」

あ——そうか。だから営業の人数も和合だけ多いのか。人数が多いから威張ってるんじゃなくて、力関係が人数に反映されていたんだ。

「じゃあ、つまり……」

日下部さんは静かに頷いた。

「我々は三軍。二軍のベンチにすら入れない雑用係なんですよ」

そういうことか——と腑に落ちかけて、うん？　と引っかかる。

「でも待ってください、だったらどうして、そんな現場に日下部さんみたいな人がいるんですか？　日下部さんは社内でも一目(いちもく)置かれるすごい人だって聞きました。そういう人をこんな現場で燻(くす)ぶらせておくなんて、会社の損じゃないですか」

「いえいえ、実に合理的な人事だと思いますよ。わたしには燻ぶるほどの火力もございませんので、誰も行きたがらないところの穴埋めには最適でしょう」

「謙遜はやめてください、大橋さんが言ってましたよ、日下部さんは長年会社を引っ張ってきた特別な存在なんだって」

　腕を組み、ふむ、と首を傾げた日下部さんは、ふと何か思いついたようにはにかんだ。

「そう言われますと、たしかに……わたしがずっと、引っ張ってきたのかもしれませんね。会社の足を」

「……へっ?」

「一目置かれているというのは、おそらく遠巻きに見られているの間違いでしょう。ある意味見上げたものだと、人事部長からお墨付きを頂いたことはありますが」

　何が面白いのかくつくつと笑った日下部さんは、ゆらりと首を戻し、ロマンスグレーの後ろ頭をこちらに向けた。まるで村の長老が旅人に「今日は喋りすぎた」と言って会話を切り上げ、床につくような仕草だった。

　長机に肘をつき、悠然とスマホを手にした彼は、慣れた手つきでパズルゲームのアプリを開く。軽快かつ単調な音楽が流れだし、ブロック的なものが積み上がる音がリズミカルに重なりはじめた。老眼のハンデを物ともしない指さばきに、見ているこちらの胸が冷えていく。こんな感情は初めてだった。

　――本物だ。堂に入ったその姿に、ようやく気づかされた。

話には聞いたことがあった。この日本社会には、古来こう言い慣わされる会社員が数多存在したと。迫害の末徐々にその数を減らしながら、なおも生き残ってきた異端者たち。

彼らは往々にして勤続年数だけは長く、対外的にはベテランと評されがちだという。

この人――――窓際族じゃん。

私に仕事を叩き込んでくれるはずの、唯一の社員。たった一人の師にして頼るべき相棒が。

「休み休みやりましょう。今日は初日ですし、事務所でぼーっとするより、この小屋でぼーっとする方が岩城さんも気が楽でしょう」

カラフルなキャンディ状のブロックが連鎖的に結びつき、炸裂する音が響いた。

6— 社会人の定義

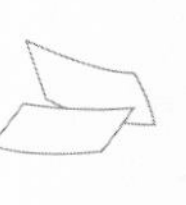

知らない番号からの着信だった。無視しようかと思ったけれど、市外局番に見覚えがあって、迷いながらもスマホの画面に指を滑らせた。

「もしもし？」

『あ、澪（みお）？　お母さんだけど。ああごめんね、病室の電話からかけてるの。個室だからいつでも面会できるしね、いい病院なのよ。涼（りょう）くんも早めに仕事切り上げてくれて、今皆で来たところ』

田舎（いなか）の母だった。興奮を滲（にじ）ませた声に、そういえばそろそろだったと思い出す。

「じゃあ、生まれたの？」

『そう、予定日よりちょっと早いけど。今度は女の子よ。うん、萌恵（もえ）？　今回は安産でね、もう元気よ元気。代わろうか？』

「いいよ、疲れてるだろうから。おめでとうって伝えて」

　母と会話をしている間も、電話の向こうの賑(にぎ)やかな雰囲気が伝わってくる。喜ばしい出来事を祝う家族の幸せな空気が、電波に乗って私の耳元まで流れてくるようだ。

『それであんた、いつ帰ってくるの』

「え……帰っていいの？」

『何言ってんのよ、当たり前でしょ。あっという間に大きくなっちゃうんだから、赤ちゃんのうちに顔見に来なさいよ。お盆には帰ってこられる？』

「ああ……うん、夏はどうかな。まだちょっとわかんないや」

　当たり前でしょ、あんたの家なんだから——そんな返事を無意識に期待していた私の動揺は、幸いにも孫の誕生で浮かれている母には気づかれなかった。

　そうじゃなくても、母は私が実家に戻ろうと考えるなんて思いもしないだろう。私だって、そうできない理由をほんの一瞬失念したから出た言葉だ。

　妹の萌恵は十九歳の時、同級生だった彼氏の子を妊娠した。結婚後旦那の涼くんがマスオさんになる形でうちに同居して、一昨年には実家を二世帯住宅に建て替えた。私の部屋は、もう跡形もなくなっている。

『みーちゃ、おとしだまちょーだい！』

　受話器を奪い取ったのだろう、出し抜けに幼い声が響いた。

「たぁくんお年玉欲しいの？　何買いたいの」

まだ五月なのに、クリスマスもすっ飛ばしてお年玉をねだる甥っ子に思わず笑いがこぼれる。

『コラッたぁくん、みーちゃんに何言ってるの。おねだりはじぃじかばぁばにしなさいってば！』

背後で萌恵が怒鳴って、皆の笑い声がした。たしかに元気そうなのはいいけれど、産後すぐにこんな大声を出していて大丈夫なのだろうか……私の心配を余所に、萌恵は自分にも電話を代われと言いだした。それを受け、大人たちの手で受話器が渡されたようだ。

『もしもし、お姉ちゃん？』

「うん、おめでとう萌恵。お疲れさまでした」

『ありがとう～もうイッタくて痛くて死ぬかと思った！　ほんと疲れたよー』

「よく頑張ったね、偉い偉い。でも今回は安産だったんでしょ？」

『安産だからって痛くないわけじゃないの。痛い時間がほんのちょっと短かっただけ』

そういうものなんだと感心していると、萌恵はかしましい口調をふいに落ち着けて、本題に入った。

『あのねお姉ちゃん、今回はお祝いとか何もいらないから』

「え？」

『ほら、たぁくんの時、お姉ちゃん出産祝いたくさん送ってくれたじゃない。でも今そっちも色々大変でしょ？　先に言っとかないと、お姉ちゃん無理しそうだから』

そういえば……あの時はたしか、ベビー服とおもちゃの他に二万円くらい包んだんだっけ。当時は私もまだ学生で、東京で一人暮らしをしていたから奮発したつもりではあったけど、今にして思えば仕送りとバイトの収入があった分、あの頃はそれだけの余裕があったともいえる。

「変な気遣わないでよ……そのくらい大丈夫だって、一応もう働いてるし」

『でもまた派遣なんでしょ？　うちはもう旦那がちゃんと稼いできてくれるようになったし、そういうの本当に大丈夫だから、気持ちだけ頂いておくからね。たぁくんも会いたがってるし、手ぶらでいいから顔だけは見せに帰ってきてよ』

「そう……じゃあ、わかった。お正月には、たぁくんのお年玉だけは持っていかなきゃね」

『あはは、がめつい長男でごめん。お札じゃなくてね、硬貨が欲しいんだよ。穴が開いてるやつ』

「ふふっ、了解。可愛いヤツめ」

他愛もない会話をして通話を終える間際、たぁくんが何かやったのか、窘める萌恵の声が聞こえた。それがすっかり母親の声で、歳も近くて双子のようだった妹が、まるで知らない人になってしまったような気がした。

萌恵が結婚する時、私は妹が社会経験のまったくないまま主婦になってしまうことを不憫に思い、心配していた。だけど今では、私の方が妹に心配されている。

萌恵は働いていないけれど、妻であり、母親という社会でも重要な役割を果たす立派な大人になった。

けど私は？　今の私は何だろう。

ずっと疑問に思っていた。派遣は社会人と名乗ってもいいのだろうか。

「……はぁ」

凝った首を回し、ソファ兼用のベッドから立ち上がる。

電話している時に閉めた掃き出し窓を開け放つと、レースのカーテンが膨らみ、ワンルームに初夏の夕風が吹き込んだ。食べられる野菜ばかりのペットボトルプランターが並ぶベランダから外を眺めれば、空はもう青黒くくすんでいるのに、遠くに突き出た高層ビルが西日を浴びて金色に燃えている。じっと見ていると網膜が灼けついて、ぐにゃぐにゃした残像がしばらく視界から消えなかった。

水曜日は『契約が水に流れる』とかで、不動産業界は水曜定休が多いらしい。何か月も無職でいた割に、平日のど真ん中が休みとなると妙に落ち着かず、どこに行くでもなく部屋の掃除をしたり積んでいた本を読んだりしているうちに夕方になっていた。

勤務初日は予想を裏切ることばかりありすぎて、私のキャパシティはあっさりと限界を突破した。帰宅後、冷静になって考えるとやっぱりおかしいと思い直し、派遣会社に抗議の電話をしたものの大橋さんが捕まらず、結局その翌日である昨日もちゃんと出勤して、一日中雑用をこなしてきた。

思い出したらまたムカムカしてきた——そんな時、ベッドの方からまた着信音が聞こえてきた。滅多に鳴らない私のスマホが、今日に限って大忙しだ。再び窓を閉めると、躍っていたカーテンが意思を失ったようにすとんと垂直に戻った。

「……はい、岩城です」

『もしもし、ヒュリソの大橋ですお疲れさまですー。ご連絡遅くなってすみません、メールと、お電話も何度も頂いてたみたいで。今お時間大丈夫です？　いやー何といいますかほんとに、災難でしたね。日下部さん、そんな人には見えなかったんだけどな～？　まあ、はい、お話はよくわかりましたので。先方の人事とも話してみたんですけど、ちょっとお互いに情報の食い違いといいますか、理解不足があったようですね、はい。ええ、その、業種に誤解があったというところもですね、コミュニケーション不足で、事前の擦り合わせが上手いことといってなかったですね。ええ、無理に続けてくださいとはこちらも当然言えないんですけど、急なオファーでしたし、確認が足りずにご迷惑おかけしたということで、岩城さんさえよろしければなんですけど、時給の方、特別に百円ほど上乗せさせていただきまして、何とか契約期間まではお願いできませんかと、はい、そういう次第なんですけども。いやこういうことって滅多にないんですけどね』

立て板に水とはこのこと。有無を言わせまいとする強い意志が感じられる。

「時給……百円アップ、ですか」

スマホ片手に、私はため息をつく。

お金の問題じゃないわよ！　と啖呵を切りたいところだが、お金の問題だ。そもそもお金のために派遣なんかやっているんだから。時給百円アップは正直オイシイ。

「……初日の勤務分から、その計算にしてもらえますか？」

『それはもちろん、間違いなくやらせてもらいますんで。はい、ありがとうございますー！　それでは引き続きよろしくお願いいたします、また何かあったら相談してください、ではお忙しい時間にすみませんでした、失礼いたしますー』

「あっ、ちょ」切れた。

……悔しいけれど、どのみち来月の家賃やカード支払いのためには最低でも今月いっぱい、自転車操業状態を立て直すためには来月か再来月まではこのまま働くしかないだろう。それがわかっているから、昨日もちゃんと出勤したんだし。

仕方がないから当面は続けよう。

後ろ向きな覚悟を決めると、思い出したように空腹が襲ってきた。冷蔵庫には玉ネギとニンジン、ベランダ菜園の野菜もあるが、主菜になるような肉や魚がない。日が落ちてから出かけるのは億劫（おっくう）だけど、この時間のスーパーは生鮮食品の値引きが期待できる。

部屋着のズボンをジーンズに穿（は）き替えると、玄関を出た。

今の家は駅から遠い。駅前に集中している商業施設も遠く、生活に便利とは言いがたいものの、閑静な住宅地の築浅マンションで、ワンルームでもバストイレ別なのが気に入った。だけど一番の決め手は、当時の勤務先に歩いて通える距離だったことだ。

まさかそれが、こんな風に裏目に出るなんて。

横断歩道の前で信号待ちをしていると、すぐ横に一組の男女が立ち止まった。これからどちらの家に行くか相談している、くすぐり合うような話し声に聞き覚えがあって、思わず視線を向け死ぬほど後悔した。慌（あわ）てて目を逸（そ）らしたけどもう遅い。

「あれ？　もしかして岩城さんじゃないですか？　お久しぶりです！」

女の方が無邪気に声をかけてきた。私の交代要員だった、派遣の後輩だ。

「ああ……河西さん、お久しぶりです。真鍋さんも……お仕事帰りですか」

一緒にいた男もフジタ計器の社員だった。一瞬だけ気まずい顔をしたが、それを隣の女に気取られないよう、取り繕った笑みで「はい、ご無沙汰してます」と短く答える。

「岩城さんはお休みですか？　ひょっとして、お家この辺なんですか」

「うん……まあ」

毛玉っぽくなったTシャツにラバーサンダル、手にはエコバッグ。電車に乗れるような恰好じゃないと思ったのだろう、ご明察だ。恥ずかしさに全身の皮膚が縮むようで、逃げ出したくてたまらなかった。

「近くに住んでるなんて知りませんでした。じゃあ今度仕事終わりにご飯でもしませんか」

「そうだね……また今度」

滑稽だ。自分の引き攣った笑みが彼女の目にはどう映っているのか、気が気でない。

あなたは知らないよね。あなたの隣にいる男は、私と付き合っていたことがあるなんて。

きっとあなたは知らないよね。だって私も知らなかったから。私と付き合う前、この男が前の派遣とも付き合っていたなんて知らなかった。だからあなたも知らないんだよね。

「岩城さんが辞めちゃって、わたし寂しかったんですよ。また会えて嬉しいです」

「ありがとう……河西さんも、元気そうでよかった」

三年前の自分を見ているみたい。

取り立てて可愛いってわけじゃない。今の職場の、和合の女性陣と比べたらパッとしないなんてもんじゃない、地味なタイプだ。私と同じように平凡で、私と同じように大人しそうな見た目で、私よりちょっとだけ若い。

「平日にお休みなんていいですね。そういえば正社員になるって言ってましたよね、どこに就職したんですか」

冷たい刃を胸に突き立てられて、すぐには言葉が出なかった。痛みから逃れようとしてか、意識が少しずつ自分の身体から離れていくような感覚に陥る。

「うん……今はね、武州新聞の……」

「えっ、武州新聞？　すごい！　新聞記者ですか？」

「う、ううん、記者じゃなくて、営業なんだけど……」

「えーカッコイイですね、有名企業でバリバリ働いてるなんて、憧れちゃいます」

もはや抜け殻の身体には訂正する気力もなかったのか、あるいは何らかの感情が邪魔をして、敢えて否定をしなかったのか。わかりたくもなかった。

「おめでとう」

男の声に、ぼうっと顔を上げる。

「いいところに就職できてよかったですね。頑張ってください」

彼の言葉が、心からのものなのかはわからない。ただ、おめでとうと言われたら、こう返すということだけは、常識としてこの身体にインプットされていた。

「はい……ありがとうございます」

信号が青に変わり、横断歩道を渡ると、私は駅に向かう二人とは反対方向に歩きだした。スーパーは諦めて、コンビニで何か買って帰ろう。

街灯の明かりを見つめながら、何やってんだろ、と口の中でつぶやく。

嘘、ついちゃった………嘘なのかな？

そりゃ今は派遣だし、新聞社の社員じゃないけど、半年後には武州新聞グループの社員になっているかもしれない。それを足掛かりに新聞や出版の方面に進める可能性だってゼロじゃないし、そこまでは望めなくても、結果さえ出せば、あのタワーマンションを売りさえすれば、正社員になれることは約束されている。

だからこんな屈辱は感じなくていい。半分でも真実になれば、こんなにまでみじめに思うこともないのだ。あのマンションを売りさえすれば。

7 ― 私たちはさいたまタワーのない世界線に生きている

マンションを売る。そのためになくてはならない、絶対に不可欠なものとは何か。

答えは買ってくれる人、即(すなわ)ちお客さまだ。そのお客さまを獲得するために、営業たちはグランドオープンに向け毎日血眼(ちまなこ)になって電話をかけている。

「あの、私たちも営業電話かけなくていいんですか」

決して小さくない焦(あせ)りと共に尋(たず)ねたが、日下部(くさかべ)さんは相変わらず余裕の笑みだった。

「大丈夫ですよ」

全然そうは思えない。今も電話の話し声が事務所のあちらこちらで市場の競(せ)りのように飛び交い、空気を張り詰めさせている。皆、自分のお客さまを競り落とそうと必死だ。

「電話をかけようにも、わたしたちにはかけていい相手がいませんから」

私はどういうことだと隣のデスクに椅子を寄せた。

「問い合わせや資料請求等、広告への反響はまず和合(わごう)さんから振り分けられてしまいます。

その他にも和合には和合の、菱紅には菱紅の物件情報を紹介する会員サービスがあるので、会員の中から芽のありそうな人に連絡することもできますが……うちはもともと細々とやっていた中小デベロッパーだったのが、昨今の不況で危なくなったところをたまたま武州新聞に買い取られ、武州の不動産事業部と抱き合わせて子会社化されたばかりなので、大手のような顧客のストックがないんですよ。特に埼玉エリアはほぼ皆無でして、ほんのわずかなリストも、岩城さんが来る前に斎藤さんが全部潰してしまいました」

「え……で、でも、リストがあるにはあるんですね？」

「まあ、そうですね……数日経ってますから、試しにかけてみますか？」

早速斎藤さんの残したリストから数件かけてみると。

『いらないって言ってんでしょ！　何べんかけてくんのよ、しつこい！　通報するよ！』

怒り心頭のガチャ切りをお見舞いされた。

「これっぽっちのリストで、斎藤さん毎日頑張ってましたからねえ。何度も繰り返し……」

「はぁ……でもっ、営業っていったら、自力で新たな販路を開拓するものなんじゃないんですか？　ほら、飛び込み営業とかって言葉よく聞くじゃないですか」

「そうですねえ……まあ、市内局番から適当にエリア内に電話をかけまくるような業者もありますけど、ああいうのって、はっきり言って迷惑電話ですよねえ。昔はどうか知りませんが、今は和合さんの現場ではコンプライアンス的に禁止だそうですよ。コンプライアンス、いいですよねえ。本当にいい時代になりました」

しみじみしてる場合じゃなくて、どうすればいいっていうの……白目を剝きかけた私に、日下部さんはまた「大丈夫ですよ」と繰り返す。

「武州としては、このプロジェクトの末席に名を連ね、タワマンを分譲したという実績さえ残ればいいいんですから。はあ……どうして皆さん、こんな天国のような現場に入りたがらないのでしょうか。わたしなんぞは不思議で仕方ありません」

あなたはそれでいいかもしれないけど、私は売れなきゃ正社員になれないんです。売らなきゃいけないんです。他の皆がお客さまと会話をしている間に、チラシやリーフレット、封筒の口で深々と指を切ったりしている場合じゃないんですよ。

「っしゃー来月までアポ埋まった！」

ふいに、受話器を置いた三田村さんが勝ちどきを上げた。

「でも今の人、浦和も検討中だから不安だなー、あっちはいつ販売開始だっけ……あれっ、そういや最近回覧まわってきてなくない？」

電話中の人を除く、全員の視線が私たちの方を向く。

「え……回覧？　お昼の宅配弁当の注文書ならさっき回しましたけど」

驚くなかれ、そんなことまでやらされているのだ。

「それじゃなくて、チラシの方。何～ちゃんと引き継いでないの？　あーほら、新聞そのまま溜まっててんじゃん」

詰る三田村さんに、日下部さんが「申し訳ありません、すぐにやります」とへこへこする。この人のこういう態度も、腰が低いんじゃなくて地位が低い、それ以上に志が低い故の姑息さだということに私はもう気づいている。

「現場で主要各社の新聞を取っているので、折り込みチラシを抜き出して、その中から不動産関連のチラシだけを残して他は捨てます。さらに新築マンションのチラシとそれ以外を分けてまとめて、回覧表をつけて営業に回し、全員が目を通したらファイリングです」

それでこのエリアの競合物件の情報を定期的に把握するというわけか。日下部さんもわかってるなら自分でやってくれたらいいのに、どうして私が……と思わないでもないけれど、元事務員の性で手がてきぱきと動いてしまう。回覧表にもこの現場の序列が如実に表れていて、和合→菱紅→武州の順になっている。筆頭の滝さんが不在だったので、次の三田村さんの席にまとめたチラシを持っていった。

「おお早いね。これからは忘れないでよ、新聞係。武州新聞だけに」

面白くないわ。と言いたいのを堪えて苦笑する。その間にペラペラペラッとチラシを捲った三田村さんは、デスクから取り出したスタンプ式の印鑑を回覧表にポンと捺すと、ハイ、と私に返してきた。全然読んでないじゃん……。

次に名前のある橘さんは電話中、その次は不在で、私は三列目の席に回った。

「庄田さん、どうぞ」

チラシを差し出しても庄田さんは手を出さず、笑みだけを向けてくる。

「りこちゃん」

「え？」

「りこちゃんでいーよ」

「ど、どうぞ……りこ、ちゃん？」

「ありがとー澪ちゃん」

ようやくチラシを受け取った庄田……りこちゃんは、一瞥して「澪ちゃんの綴じ方可愛いね」とにっこり笑う。

「か、可愛い……ですか」綴じ方が可愛いとは。

「うん。ほら、ここの角がちゃんと綺麗に揃っててー、サイズの順に重ねてあって、捲りやすいもん。超可愛い」

何はともあれ、褒めてくれているらしい。和合で私に優しく接してくれる人はりこちゃんだけだ。ありがたく笑い返して、私は席に戻った。

　日下部さんは相変わらず、動かざること山の如し。何をしているわけでもないのに、マウスをそっと包み込むように構える姿が、オフィスの背景に自然と溶け込んでいる。これぞ熟練の技。無駄のない洗練されたサボりである。

　私はほとんど手持ち無沙汰で、ＰＣの共有フォルダからグランドオープン初週の予約表を開いた。各営業が土日の枠を着々と埋めてきている中、私と日下部さんだけが綺麗に空白のままだ。ため息すら出なかった。

「大丈夫ですよ」

　隣から呑気な慰めが飛んできた。だから何が大丈夫なの……もうこの週末オープンなのに、一件も予約を取れなかったらどうしよう。このままじゃ確実にそうなるし。

　頭を抱えた時、リーダーの滝さんが事務所に入ってきた。

　今日のスーツはブラウン系のスリーピース。初日はたまたまピンストライプのダブルスーツだったけど、滝さんは色んなバリエーションのスーツを毎日お洒落に着こなしてくる。こういう男性は雑誌の中に（東京都・四十代／不動産業）といったキャプションと共に登場するものであって、現実の職場には存在しないバーチャル会社員だとばかり思っていた。

「菱紅さんか武州さん、手の空いてる人……――岩城さん」

「は、はい」

前に座る菱紅の二人は電話中だ。日下部さんも手が五本くらいは空いてそうだけど、二本で充分だったのか、滝さんは私に声をかけた。

「今日は近くのショッピングモールに宣伝ブースを出してるので、そっちを手伝ってもらえますか。杉政が先に行ってますから、出る前にあいつの携帯にかけて、チラシとかティッシュとか、補充するものがあれば持っていってやってください」

「わ、かりました……」

返事の声が掠れてしまった。

電話のコードビヨーン男こと、杉政さん。初日にあの対応を受けて以来、彼とはいまだに直接言葉も交わしていない。改めて挨拶しようにも、いつも怖い顔で受話器に齧りついているので話しかけるのも憚られた。

あの杉政さんと二人か……。

気が重いけれど仕方ない。現場で共有している連絡先から携帯にかけると、八コール目、切ろうかと思った時にようやく繋がった。

『……………はい』

「もしもし、杉政さんの携帯でしょうか?」

『……そうですけど……』

「あの……ぶ、武州の岩城です、お疲れさまです」

『……かれさまです』

とんでもなく不機嫌な声。電話なのに睨まれている気がする。

『…………何の用ですか』

「あ、すみません。あの、滝さんからそちらを手伝いに行くように言われたんですけど、何かこちらから持っていく物はありますか」

『大丈夫です……あ、いや……リストアップしてメールします』

「えっ、あ、はい」

ぼそぼそと何か言って、電話を切られてしまった。直後に届いたメールには必要な物とモール内の具体的な場所が簡潔に記され、最後は〈よろしくお願いいたします。　和合不動産　杉政裕太〉と結ばれていた。

「あっ、お疲れさまです！　すみません岩城さん、ありがとうございます。助かりました」

エスカレーターの下り口周辺。開けたスペースの一角に、ブースと呼ぶにはささやかなテーブルと椅子が置かれ、数本の幟が立っている。杉政裕太は、私に気づくと爽やかな笑顔で駆け寄り、両手から手提げ袋を引き取った。

いくらショッピングモールで人の目があるからといっても、あまりに別人のような態度に面食らってしまう。啞然とする私に、彼は「外暑かったでしょう。まだお客さんも少ないですし、とりあえず座っててください」とパイプ椅子まで勧めてくれる。険悪なムードで一日過ごすのも嫌だけど、これはこれで怖いものがある。

私たちの他には、イベント派遣会社のスタッフが一人——と表現してよいのか、着ぐるみのウサギさんがいた。分厚いミトン状の手で風船の紐をぎゅっと握り締め、身体を揺らしておどけている。このウサギさんの力を借りて買い物客を呼び込み、風船やちょっとしたプレゼントと引き換えにアンケートを書いてもらうのが私たちの仕事だそうだ。

ウサギさんの魅力のお蔭か、午後になるとそれなりに家族連れを捕まえることができた。ただほとんどの親が子どもにせがまれて仕方なくといった様子で、風船と一緒にチラシを渡しても、いらないと突き返されたり、目の前でゴミ箱に捨てられたり……マンションの宣伝になっているかは怪しいものだけど、無理もないと思う。新作お菓子の販促イベントなら試しに一つとカゴに入れることもあるけれど、風船や入浴剤をもらったくらいで、せっかくだからとマンションを買ってくれるのは石油王でもワンチャンあるかどうかだ。

「空欄ばっかりだなぁ」

　記入済みのアンケートを捲りながら、杉政さんがため息まじりにつぶやいた。

「〈モデルルームを見学したいと思いますか?〉も〈はい〉は一つもなし。まああったらあったでフォローコール入れなきゃいけないから、正直ほっとしたけど」

　やる気のなさを窺わせる発言……さてはこの人も日下部予備軍か。

　私はヘリウムガスのボンベに新しい風船をセットし、ノズルを押し込んだ。シューと音がして、風船が身悶えしながら膨らんでゆく。

　一流企業に入社しておいて、仕事は手を抜きたがる人間を見ると悶々とする。もしも私が望んだ会社の正社員という立場だったら、与えられた仕事はどんなことだって真剣に取り組むのに……当の社員はこれなのだから、本当に入ったもの勝ち、まさしくいいご身分だと僻みたくもなる。

　――パンッ！　と破裂音が耳を劈き、私は反射的に手を離していた。考え事をしているうちにガスを入れすぎて、風船を割ってしまったのだ。周囲の視線が突き刺さる。

「す、すみません、風船無駄にしちゃって……」

　おどおどと詫びると、杉政さんは軽く首を振った。

「そんなことより、岩城さんは大丈夫ですか?　びっくりしたでしょう」

「あ、いえ……はい、大丈夫です」

優しすぎて怖い。後で二人きりになってから怒られたりしないといいけど。

「そういえば三田村さんから聞いたんですけど、岩城さんって新入社員なんですよね」

「え、あ、はあ……」

今さら否定もできず歯切れ悪く答えると、杉政さんは声音に気安さを含ませて続けた。

「実は僕も、歳は二十五だけど院卒だからまだ二年目に入ったばかりで、新人みたいなものなんですよ」

「そうなんですか」

同い年ですねと言いかけて、慌てて呑み込んだ。ボロが出ないように、あまり喋らないでおこう……。

会話が盛り上がらないせいか、しばらくすると杉政さんは通路で呼び込みを始めた。相変わらず事務所での姿が嘘のように、いかにも好青年な笑みを振り撒いている。営業とはかくあるべきなのか。

「あのー」

遠慮がちな声に振り返ると、一組の若い夫婦が立っていた。お団子ヘアが可愛らしい妻と、黒いキャップを被った小柄な夫。夫の胴に巻きついた抱っこ紐からは、赤ん坊の白くむちむちした脚が垂れている。

「これって、今建ててるタワーマンションですよね？　あれっていつできるんですか？」

「は、はいっ、ええと、竣工は来年の十一月で、再来年の一月頃にはご入居いただける予定となっております！」

　風船じゃなく、マンションのことを尋ねてくれた人は初めてだ。思わず返事に力が入る。

「ふーん、そうですか……あのちなみに、いくらくらいするんですかね？」

「正式価格はまだ未定となっておりまして……」

「あー、やっぱ教えてもらえないんすね……」

「あっ、で、ですがっ、週末から正式にモデルルームのご案内を開始しますので、ご見学にお越しいただければ、だいたいの目安はご提示できます。いかがですか、是非！」

「あ、いや、そこまでは……すいません、ちょっと訊いてみただけなんで」

　前のめりすぎて引かれたようだ。どういうトーンでいくのが正解なの……変な汗が滲んでくるけど、それでも私は立ち去ろうとするご夫婦を必死で引き止めていた。

「あのっ、お子さんに風船差し上げてますので、よろしければ簡単なアンケートにご協力いただけませんか？　差し支えのない範囲でお答えいただければ結構ですので」

「いや……まだ風船で遊ぶような歳じゃないですし」

「じゃあ、ええと、お花の入浴剤もプレゼントしてますのでっ、是非、お願いします！」

「あー……、はい、じゃあ……書けるとこだけでいいんですよね」

「――は、はいっ！　ありがとうございます！」

私を見かねて応じてくれたのだろう。同情票みたいなものだけど、それでもようやくマンション自体に関心を寄せている人にアプローチできた私は、お礼を言ってそのご家族を見送った後、初めて営業らしい仕事をしたような充足感らしきものを味わっていた。

ほくほくしながら、記入してもらった用紙をバインダーから抜き取りがてら見てみると。

「……あれ」

〈駅徒歩七分、充実の設備・共用施設のハピネスフィアタワーに興味はありますか？〉の回答は〈いいえ〉に丸がついていた。モデルルームを見学する気がないのはわかっていたけど……興味があるから質問してくれたんだと思ったのに。

そう簡単にはいかないか。肩を落とした時、入れ替わりに杉政さんが別の家族連れをテーブルに誘導してきた。

明るい笑顔と、丁重（ていちょう）かつ朗（ほが）らかな応対。また事務所に戻れば私には冷たい態度を取るのかもしれないし、内心ダルいと思っているのかもしれないけど……それでもこうして、マンションには何の興味もなさそうな、お客さまになる見込みもない人たち相手に笑みを絶やさず接する杉政さんの姿を見ていると、私も見倣わないといけないような気がしてきた。

いやそもそも、そんなに酷い態度を取られたのだろうか。初日は緊張していたし、経緯が経緯で私も気が動転していたから、彼の何でもない仕草や表情を勝手に悪く読み取ってしまっただけなのかも――そんなことまで考えはじめた矢先だった。

「ご記入お済みですか？　ありがとうございま……――ッ」

杉政さんが突如声を詰まらせた。バインダーを持つ手が小刻みに震えている。

「……岩城さん、お客さまにプレゼント、お渡ししてください……」

引き攣った顔で言う。具合でも悪いのかと心配になって声をかけようとした瞬間――初日に見た、あの鋭い目つきで睨まれた。

うわやっぱ怖っ。裏の顔怖い、ていうか今は表の顔じゃなきゃ、お客さんいますよ？

話しかけたら殺すとでもいうような目で私を黙らせた杉政さんは、その場を離れながら携帯を取り出し耳にあてると、背中を丸め、そのまま頭から壁に吸い込まれていきそうな姿勢で話しはじめた。

プレゼントと風船を受け取った家族連れが立ち去ったところで、電話を終えた杉政さんがこちらに戻ってきた。もう睨んではこないけど、妙にげっそりした顔をしている。

「あ、あの……大丈夫ですか？　何か悪い連絡でもあったんですか……」

おそるおそる訊いてみると、絞り出したような苦笑が返ってきた。

「いえ、滝さんから、ただの業務連絡でした……すみません、たぶんまた僕キョドってましたよね」

「え……いや、その、キョドってたというか……まあ」可愛い言い方をすれば。

杉政さんは大きなため息と共にうなだれる。

「いい加減、何とかしなくちゃってわかってるんですけど……いまだに慣れなくて。電話がかかってくると、どうしても緊張しちゃうんです」

「え……それってもしかして、電話恐怖症っていうやつですか」

杉政さんは小首を傾げつつ答えた。

「はい。今朝、岩城さんから電話もらった時にも言いましたよね？　電話苦手なので、うまく喋れなくてすみませんって」

そういえば――全然聞き取れなかったけど、最後に何かぼそぼそ言ってたのはそれか。

じゃあ初日のあの態度は、電話中だったから？　フォローコールしたくないっていうのも、やる気がないんじゃなくて、電話をかけるのが怖いから――――けど、だとしたら。

「営業なのに、電話が怖いって……大変、ですよね」

大変どころか致命的ではないか。杉政さんの泣き笑いのような顔が胸に刺さった。

「対面で接客するのは平気だし、接客のたびにその場で次のアポを取れば、メールとか使いながら何とかやれないこともないんだけど……今みたいな立ち上げ時期の電話攻勢は、正直キツいですね。でも電話恐怖症って固定電話が苦手な人が多いらしいんですけど、僕は逆で、固定電話はいくらかマシなんです。携帯は電波が乱れると聞き取れなかったり、途中で切れて慌てちゃったりするから余計不安になるんだけど」

マシとはいっても、デスクの電話でもあんなに顔を強張らせ、余裕をなくしていたことを思えば……その負荷は察するに余りある。

「転職しようとか、考えたりはしないんですか」

失礼にもなりかねない質問が、思わず口からこぼれてしまった。

「考えますよ。受話器を握るたび、辞めようかなって一瞬頭をよぎるけど……街づくりがしたくて、和合不動産に入ったんです。このままじゃどこに行ったって役に立たないだろうし、これを克服しないうちは、きっと自分のやりたい仕事はできないから」

そう言いきる声に、迷いはなかった。

何も知らないくせに、杉政さんのことを内心腐していた自分が恥ずかしくなった。この人は自分の夢のために、こんなに真っ直ぐに、毎日必死で戦っていたのに。

「……でもまさか、よりによって住宅営業部に配属されるなんてツイてないですよね」

私が情けない顔をしていたからだろう。冗談めかしてぼやく口ぶりに、この人の優しさが表れている。

「けど、自業自得なんだきっと。就活のマニュアル本に、自分の短所や欠点はポジティブに言い換えろって書いてあったから……とにかく人の顔を見るのが好きですって猛アピールしちゃって」

「そ、それは……」

「アホですよね。でもそのお蔭で就職できたのかもしれないし、痛し痒(かゆ)しってやつかなあ」

会話の途中で風船を見つめる親子を視界に捉(とら)えると、杉政さんはさっと表情を変えて歩み出た。

私も負けていられない。精いっぱいの笑顔で呼び込みを始めた。

夕方五時半でブースは撤収となった。結局最後まで次に繋がるようなお客さまは現れず、成果と呼べるものはなかったけれど、私は身も心もどこか清々(すがすが)しい疲労感に包まれていた。

ウサギさんには帰ってもらい、杉政さんと二人で後片づけをする。記入済みのアンケートをまとめながら軽く目を通してみると、マンション購入に関する質問はつれない回答ばかりなものの、〈さいたま新都心周辺でおすすめのスポットを教えてください（食事・買い物・遊びなど何でもOK！〉という項目には多くの回答が寄せられていて、中には記入欄をはみ出すほど熱量張るものもあった。こういうリアルな地元の声は資料にまとめて、地域の魅力をアピールする材料にするらしい。直接の顧客獲得には繋がらなくても、決して無駄な一日ではなかったということだ。

「ルミエ新都心っていうホテル、おすすめ多いですね。レストランのランチがコスパ高くて美味しいって。どこにあるんだろう」

「ああ、すぐ近くですよ。駅の反対側だけどデッキで繋がってるし、事務所帰る前にちょっと見に行ってみます？」

「えっ、いいんですか」

「街を知るのも僕ら営業の仕事だから、少しくらい寄り道したって怒られないでしょう」

お言葉に甘えることにして、私たちは片づけを終えるとモールの二階から直接繋がる駅の西側へ向かった。

近未来的なアーチのコンコースを抜けた先には、東側とはまた違った光景が広がっていた。さいたまスーパーアリーナや高層ビルに囲まれた広場はペデストリアンデッキの延長上、つまり地上二階なのに、緑の木々が森のように豊かに生い茂っている。人工地盤に整然と立ち並ぶ欅の群れ——空中庭園などと呼べるほどの高所ではないけれど、そういう、人をわくわくさせる、きらめきのような奇妙さがある。

「向こうに見えるのが例のホテルですよ」

杉政さんが広場の南側を指す。周りのビルに比べると高さはないが、屋上にガラスのチャペルが見える洒落た建物だ。その手前に聳(そび)える二棟の真新しいビルは医療施設らしい。

「あの、今病院が建っている辺り。本当ならあそこには、東京タワーに代わる新しい電波塔が建っていたかもしれないんです。結局墨田(すみだ)区に競り負けて、押上(おしあげ)にスカイツリーが建ったけど」

「そんな計画があったんですか？　全然知らなかった」

「スカイツリーの開業が二〇一二年だから、岩城さんは中学生くらい？　候補地の選定をしてた頃なんてまだ小学校に入るかどうかくらいだろうし、知らなくて当然ですよ」

「いえ、スカイツリーが開業した年は私高校——いや何でもないです」

幸い私の失言は耳に入らなかったようで、杉政さんはじっと病院の方を見つめていた。

「……建築とは常に、夢であると同時に機能である」

「え？」

「あ……すみません、この辺りを眺めていると、つい思い出す言葉なんです。哲学者のロラン・バルトという人が、エッフェル塔についての論考でそんなことを書いていて」

「ああ……たしか、『作者の死』の人ですよね。そういうのも書いてたんですね」

「はい。岩城さんよくご存じですね」

「書店でバイトしていた時、お客さんから訊かれたことがあったんです。有名なのは『作者の死』なんですけど、違うタイトルの本に収録されている一篇だったので」

なるほど、と笑いかけるように頷くと、杉政さんはまた視線を戻した。

「ここにもし、さいたまタワーが建っていたら……どんな街になっていたと思いますか」

今、さらっと言われたけど「さいたまタワー」って、素材の良さとでもいうのか、味つけも何もされていないシンプルなネーミングながら、ものすごいコクが出ちゃってるような……それ正式名称ですか、と特に引っかかってなさそうな杉政さんには訊くに訊けない。

「う、うーん、ええと、まず景色が変わりますよね。スカイツリーみたいに観光地化して、商業施設もたくさんできるだろうから、今より人が多くなって……でもこの広場とか、駅前なのに静かだしゆったりできそうで憩いの場って感じなのに、いつも雑踏に埋め尽くされるようになったら、それはちょっと残念かも……」

私の取り留めもない回答に、杉政さんはどこか楽しげに相槌を打っている。

「こういうの、想像するの面白くないですか。たった一つの違いでも、そこから連鎖して色んなものが変わっていたかもしれない。何が建つかで街は変わる。建物が街を形づくっていくんです」

好きなものの話をしている人の、きらきらした目だ。

私はもう一度、この街区全体を見渡した。さいたまタワーなるものがどんな外観なのか想像もつかないので、代わりにエッフェル塔がこの場所に建っているのをイメージする。

鉄のレースで編み上げられた尖塔（せんとう）が、周囲の高層ビルをも追い越して天を衝（つ）く。霧がかかれば頂上は白く呑み込まれ、晴れた日には青空に輝く。辺り一帯の窓枠が切り取る風景に割り込んだその塔はきっと、パリの文豪や芸術家たちがこぞってエッフェル塔へ賛否の言葉を残したように、良くも悪くも大勢の手によって現代のインターネット上に書き込まれたことだろう。

「たしかに……面白いかもしれないですね」

でしょ？　と少年のような笑顔が返ってくる。

本は何でも好きだけど、外国文学が特に好きだ。文字から見えてくる、行ったこともない街の景色を頭の中に思い描くのが好きだった。そんなことを思い出していた。

事務所に戻ると、日下部さんが帰り支度をしているところだった。ほどよい時間になれば、私のような派遣が一人で残業していても容赦なく置いて帰る。それが彼のスタイルだ。

「岩城さん、今日は一日外で大変お疲れさまでした。では、わたしはお先に……」

ハイお疲れさまです、と口先で返事をしながら私はPCを開いていた。

「──あれっ。ちょっ、待ってください、これ……！」

振り返る日下部さんに、慌ててPCの画面を向ける。

「今度の土日、日下部さんと……私にも、予約、入ってるんですけど」

オープン初週の予約表──今朝見た時はたしかに武州の枠は真っ白だったのに、日下部さんだけでなく、どういうわけか私の枠にまでお客さまの名前が入っている。

「ああ。岩城さんがモールに行っている間に、滝さんからネット予約のお客さまを割り振られたんです」

「そう……なんですか……」

「はい。ではわたしはこれで」

──だから大丈夫だと言ったでしょう？

なんて思っているかは知らないが、飄々（ひょうひょう）とした笑みを残し、日下部さんは帰っていった。

ちょっと、拍子抜けのような気がしないでもないけれど……。

何はともあれ、私は胸を撫で下ろしたのだった。

8　グランドオープン

――あなたの夢は何ですか？

緑の遊歩道（プロムナード）を、光の糸が滑ってゆく。

――どんな暮らしを夢見てきましたか？

やがて目の前に現れるタワーマンション。その足元から、巻きつくように糸は上昇する。頂上まで一気に駆け上ると、空へ解（ほど）け、滑空する鳥の目になる。ビルの間（はざま）を流れる線路の川に、家々の屋根、赤い鳥居や鬱蒼（うっそう）とした参道の上を飛び回り、遠く青富士（あおふじ）を見晴るかす。

――理想以上の暮らしが、ここにあるかもしれません。

空撮とCGの合成映像が切り替わり、公共施設の近景、活気に満ちたコンサートの様子、ショッピングを楽しむ家族や公園で寛ぐカップル、カフェやスポーツジムが次々と映し出された後、主要各駅への所要時間を強調した路線図が現れる。

——都心への快適なアクセス、すべてが揃う充実のランドスケープ。先進と潤いが重なり合う新たな都市で、新鮮な毎日を見つけてみませんか。

映像は建物の内部へ。ホテルライクなロビーを進むと、コンシェルジュデスクで恭しいお辞儀を受ける。シックで高級感あるゲストルーム、遊び心を刺激するカラフルなキッズルームを巡った後は、最上階のスカイラウンジで夜景を望む。黒い大地に敷き詰められた宝石くず。その間を夜の電車がゆっくりと、解いたブレスレットのように輝く窓を連ねて滑ってゆく。南西には戸田橋の花火が上がり、夜空に大輪の花が咲き乱れる。

——上質な寛ぎの時間は、とっておきのプライベート空間で。幾重ものセキュリティに守られた安心と、空を手にする自由。ピクチャレスクな眺望をあなたのものに。

――旧中山道の歴史息づく殷賑の地に、新たなランドマークが誕生します。

――神韻を帯びた美しきタワーレジデンス。夢見るような住まい心地。

――想像すらしなかった、感動の体験を日常に。

――まだ、大人が叶えていない夢をここで――……


地平線が輝き、画面中央に〈HAPPINESS×SPHERE TOWER〉の文字が浮かぶ。

余韻を沁み込ませるように数秒置いて、シアタールームがゆっくりと明るくなる。

『ハピネスフィアタワーコンセプトムービーをご覧いただきありがとうございました。続きまして、お隣ジオラマルームにて模型をご覧いただきながら物件のご説明をさせていただきます。少々暗くなっておりますので、お足元にお気をつけてお進みくださいませ』

ナレーターのしなをつけた声がマイク越しに響くと、隣と繋がる両開きのドアが開け放たれる――――瞬間、来場者の間に感嘆のさざめきが広がる。

小中規模のマンション模型は敷地全体を見下ろせる程度のコンパクトなものが主流だが、ここには約四十分の一スケール、高さ三メートル強の大型模型が聳え立っている。夜を表現した吹き抜けの大空間に、巨大なランタンの如く浮かび上がる威容――その圧倒的な迫力がいきなり目に飛び込んでくるのだから、見上げた口からは知らずため息も漏れるというもの。前段のコンセプトムービーから続く、演出の仕上げだ。

ムービーが進むにつれてよくわからなくなってくる怒濤のポエムも、鮮やかな映像と音楽がついたうえ、映画館さながらの本格的なシアタールームに座って見せられると何だかわからないうちに酔わされてしまうというのは、私も平日の試写で体感済みだ。何だかわからないからこそ、この魔法のような高揚感を煽るのかもしれない。タネがわかっては手品にもならない。

とにもかくにも、こうしてしっかり〝温まった〟お客さまを迎えるべく、私たち営業一同はジオラマルームの出口でじっと待ち構えている。

「く、日下部さん……」

迎えた正式オープン初日。初めての接客をもうあと数分後に控え、お客さまのテンション以上に、私の緊張は最高潮に達していた。

「ど、どうしましょう、来ますよね、もう、私、ほんとに一人で接客するんですよね……？」

喉元までせり上がってくる心臓を押し戻そうと、何度も唾を飲み込む。

オープン前に、滝さんから一通り接客の流れや案内のポイントについてレクチャーは受けていた。でもそれは当然ながら不動産営業としての下地がある前提でのレクチャーで、私には与えられた情報を正しく支えるだけの土台がない。ここに居並ぶ他のメンバーは、彼らの経験と知識に裏打ちされた接客でお客さまを成約へと導くのだろう。けれど私はこれから、ハリボテの知識だけでお客さまと向かい合わなくてはならない。裏側を見られたらおしまいだ、夢なんかいっぺんに醒めてしまう。

「大丈夫ですよ」

出た。

「そんなに緊張しなくても、何とかなりますから」

気休めの笑みが、いつものように私の心を上滑りする。

「でも、やっぱり不安で……な、何か、私にアドバイスとかしてくれませんか」

ここまできたらどんな助言も今さらなのは承知の上。それでも何か、少しでも気持ちを落ち着かせてくれるような、心構えのようなものを聞かせてもらいたかった。

日下部さんはふむ、と顎を傾けてから、私の顔をじっと見て言った。

「そうですねえ、強いて言うなら……もう少し、お化粧に気を遣われてはいかがかと」

「は？」

「お若いのに、もったいないと思っていたんです。うちの娘なんか、大学の研究室との往復だけで誰に見られるわけでもないのに、毎朝二時間かけて別人になって出ていきますよ。まあ娘は少々やりすぎのきらいがありますが、岩城(いわき)さんもこう、ほんの少し目元のあたりをチョチョイとしただけで、ぐっと色っぽくなりそうだと……」

「もういいです」

目元が貧相で悪かったね。日下部さんにアドバイスなんか求めた私が馬鹿だった。ていうかこういうのってセクハラじゃないの？

クサクサしているうちに、足音が近づいてきた。ナレーターによる説明が終わり、来場者たちが模型を取り巻くようにカーブした階段を上ってくる。ジオラマルームは一階のシアタールームから入り、二階の接客フロアに出る構造だ。こうすることで、それまで見上げていた模型を今度は上から俯瞰(ふかん)することができる。

「岩城さん、ドア開けて」

「え、あ、はい」

三田村(みたむら)さんに言われて、私はジオラマルームの出口と二階の商談スペースを繋ぐ引き戸をスライドさせた。お客さまの姿が見えた瞬間、三田村さんの頬が、眼鏡が飛びそうな勢いでぐっと盛り上がった。

「おはようございます。——床山(とこやま)さま」

続々と入ってくる中の一組の夫婦にさっと歩み寄り、恭しく名刺を差し出す。

「本日はご来場まことにありがとうございます。わたくし本日ご案内を担当させていただきます、三田村と申します」

私と話す時とは全然声のトーンが違う。物腰も異様に柔らかくなって、まるで役者だ。

「こんにちはー！　真壁さんですよねっ？　お電話でお話しさせていただいた、庄田りこです。今日はよろしくお願いしまぁす。ジオラマどうでしたか？　うふふっ、そうですよねー、モデルルームもとぉっても可愛いので、期待しちゃってくださいねっ」

りこちゃんは普段と全然変わらない。慣れているからこそだろうけど、お客さまの前でもまったく物怖じしないでいられるのは羨ましい。

受付から簡単な特徴を聞いているとはいえ、営業たちは皆それぞれ担当の客を瞬時に見分け、飛びついていく。日下部さんだけは、にこにこしてるだけでなかなか動かないけど……最後に残ったのが自分の客だとでも思っているのか。安定の省エネ運転。

私のお客さまは鴨居さま――三十代のご夫婦、ご主人が紺のポロシャツに奥さまがグリーンのフレアスカート――あれだ。

「こんにちは……あの、鴨居さまでいらっしゃいますか？」

おずおずと近寄ると、お二人が「ああ、はい」と会釈をくれた。

「は、はじめまして、鴨居さまのご案内をさせていただく、岩城と申します。どうぞ、よろしくお願いいたします」

　差し出す名刺はハピネスフィアタワーのロゴと、私の名前にマンションギャラリーの連絡先しか入っていない、このプロジェクトだけのオリジナル名刺。武州(ぶしゅう)新聞グループの社員だとか余計なことは書いてない、罪悪感のない名刺で助かった。

　半個室の商談ブースにご案内して、早速アンケートを書いてもらう。アンケートといってもショッピングモールで書いてもらったような当たり障(さわ)りのない質問ではなく、職業や勤務先、さらには年収、自己資金という貯金額みたいなことにまで踏み込んだものだ。

　出会い頭(がしら)に尋(たず)ねるにはだいぶヘビーな内容に思うのだけど、鴨居さまは慣れた様子でさらさらと記入していく。これがこの世界の当たり前――改めて、自分が売ろうとしているもののケタの大きさに慄(おのの)いてしまう。

「書けました」

「あ、ありがとうございます。ええと、鴨居さまは、これまでも色々と和合(わごう)不動産の物件を見ていらっしゃるんですよね。その……シアターやジオラマをご覧になって、ハピネスフィアタワーの印象は、いかがですか……？」

「はい。いいと思います」

「……あ、ありがとうございます！」

やけにあっさりした返事で反応が遅れてしまったけど、第一印象は悪くないようだ。ひとまず安心しつつ、たどたどしくもご希望の条件などを確認しながら物件の説明をすると、私たちはモデルルームのある三階へと移動した。

４ＬＤＫの角住戸（かどじゅうこ）Ａタイプと３ＬＤＫの中住戸Ｃタイプ、二タイプあるモデルルームの片方は他の営業が案内中だった。室内を狭く感じさせてしまわないように、モデルルームに入るのはなるべく一組ずつになるようタイミングをずらすというのが滝さんの方針だ。私は空いている４ＬＤＫのお部屋の方に鴨居さまをご案内した。

「わあ、素敵」

奥さまの言葉に、私はそうでしょうそうでしょうと胸の内で頷（うなず）いていた。

モデルルームというのは、素敵なのだ。

実際に引き渡されるお部屋とそっくりそのまま、忠実に再現された部屋――ではない。真っ白な壁に囲まれたがらんどうの部屋じゃ夢がない。魔法が解けてしまう。

だからモデルルームというところは、高級インテリアで目もあやに飾りつけられているのはもちろん、壁も壁紙を替えるどころかタイルや重厚感あるアクセントウォール、オーダーミラーなどで大改造されている。さらには天井照明の種類や位置が変わっていたり、果ては肝心の間取りまでもが変更されていたり……本当に小物までまったく同じ内装の部屋に住もうと思ったら、田舎にもう一軒買えるほどのお金がかかるだろう。

けど逆に言えば、こういう部屋にすることも不可能ではない。モデルルームが提示するのは、そのポテンシャル。心ときめく素敵な暮らしの可能性を見せているのだ。

とりわけリビング・ダイニングの豪華絢爛さは圧巻のもの。お城の晩餐会さながらセットされたテーブルに、垂れ下がるシャンデリア。ここは貴族の部屋だ。だから本物のリビングには普通あるはずのテレビがないのも何らおかしくない。貴族はテレビなんか見ない。

「キッチンカウンターも素敵ですね。これって大理石ですか？　天然石？」

「え、ええと、そちらは……すみません、確認してまいります」

「あ、なら大丈夫です、わざわざ調べてもらうほど気になったわけじゃないので」

申し訳ありませんと頭を下げつつ、私は奥さまの大らかな対応に安堵していた。

その後一時間以上かけて両方のモデルルームをたっぷりとご覧いただき、二階の商談ブースに戻ると、私は早速鴨居さまに切り出した。

「お部屋の印象は、いかがでしたでしょうか……？」

「うん。よかったよね」

「うん、そうね。とってもよかった」

頷き合うご夫婦に、私はほっと胸を撫で下ろす。

よかった……気に入ってくれているみたいだし、後は部屋を選んでもらって、資金計算ソフトで住宅ローンのシミュレーションを出す。それから次回のアポを取れば完了、というか——デビュー戦にして大勝利だ。あれ、何か、意外と簡単だったかも。

「では、ローンのご返済シミュレーションをお出ししますので、ご希望のお部屋を……」

「うーん、そこまではいいかな」

「そうね、そこまでは、ね」

え？　と私は目を瞬く。

「あっ、で、でも……せっかくですので、月々どのくらいのお支払いになるのか、ご確認だけでも……」

「他のところでも何度も計算してもらってるから。だいたいわかってますよ」

あ、そうか——じゃあ。

「今後、構造や設備についての説明会なども予定してますので、次回のご予約を……」

「うん。そういうのも大丈夫です」

「え、あ、では、ええと……」

ええと……あれ？　そうしたら、どうしたらいいんだ？　後はどうアプローチするんだっけ……頭の中のフローチャート、矢印の行き先を必死で探しているうちに。

「今日はありがとうございました、とってもよかったです。じゃあ、そろそろ」

鴨居さまご夫妻が席を立つ。

終了──矢印はどこにも繋がらず、ここでおしまい。検討してもらえないということだ。何で？　シアターもジオラマも、モデルルームもいいって言ってたのに。まさか、私の接客が悪くて……？　さっきもカウンターの素材とか答えられなかったし……。

青ざめた顔で一階に下り、資料を渡してお見送りしようとした時、ご主人が振り返った。

「じゃあ、あれ。もらえますか」

「はい？」

「サイトから、キャンペーンで予約したんですけど」

「え、あ、はい……？」

持っていたファイルを慌てて開き、予約情報のページを印刷したものに目を落とす。備考欄に小さく〈ご来場キャンペーン：クオカード２０００円〉とあった。何だこれ。

「し、少々お待ちください」

事務所に駆け込むと、ちょうど戻ってきたところらしい日下部さんがいた。共用の事務机の前で、眼鏡のレンズを跳ね上げて封筒の中を覗き込んでいる。

「日下部さん、あの、これ、クオカードって……？」

「ああ。わたしも今取りに来ていたんです。はい、どうぞ。千円分二枚で、二千円」

そう言って封筒の中からさらに小さな封筒を二つ取り出して私にくれると、日下部さんは事務所を出ていった。中にはたしかにクオカードが入っていた。

とにかくお客さまを待たせてはいけないとエントランスに戻り、わけがわからないままにクオカードを差し出すと、「どうも」とはにかんで鴨居さまは帰っていった。

お二人の背中を呆然と見つめていると、日下部さんも来て彼のお客さまを見送った。

「午前の案内、ようやく終わりましたねえ。お疲れさまでした」

十年越しの大仕事をやり遂げたようなため息を吐き出す日下部さん。私はその横で、消え入りそうにつぶやいた。

「次のアポ、取れませんでした」

「大丈夫ですよ」

と、いつもの笑みが返ってくるけれど……大丈夫じゃないでしょう。満を持して正式オープンした、初日のお客さまだったのに。今朝の全体ミーティングでも、滝さんが今日の客は絶対に次のアポを取れ、取れて当たり前、取れなきゃ異常だと念を押していた。滝さんと顔を合わせるのが怖い。

「わたしも取っていませんよ。クオカードをお渡しして終わりです」

「あ、そういえばあれって？　来場者全員に配ってるんですか？」

「いえ、今回は住宅情報サイトのキャンペーンで、サイト経由で指定の物件を予約してモデルルームを見学した人だけが対象です。現場の企画として、来た人全員に配ったりすることもありますが……」

「モデルルームを見学するだけで、二千円ももらえるんですか!?」

レクチャーの時に一回りして実感したけれど、マンションギャラリーは一つのエンターテインメント施設だ。私みたいにマンションを買う予定もなく買えるわけのない人間でも、非日常に浸り（ひた）わくわくできる。お茶まで出されてもてなされるし、いわば楽しい思いをして、お金がもらえるだなんて……何か裏でもあるのかと怖くなる。

「オープン直後に金券を配ることは滅多（めった）にないんですが、今回は事前案内会の集客が芳し（かんば）くなかったので、キャンペーンに参加したようですね。ただそれで予約は増えても、成約まで至るケースはそう多くないので……金券目当てに来る人よりも、何もなくても見に来てくれる人の方が真剣なのは言うまでもないですからねえ。それでも予約を申し込まれたら断ることもできませんから、予約時の情報や過去のデータから明らかに冷やかしだろうと思われる人は、わたしたち武州に割り振られるわけです」

つまり、私たちは敗戦処理をしてるだけ——私の接客がどうであれ、はなから次のアポなんて取れない前提——大丈夫って、そういう意味？

「そ、そんな……ていうか、二千円も使って微妙な人を呼び集めるなんて、それで一人でも買ってくれればいいですけど、そうじゃなかったらすごい無駄じゃないですか？　こうして案内に営業の時間も取られてるわけですし……」

「夫婦二人、二時間から三時間滞在してくれて二千円なら安いサクラですよ。土日に賑わいがなければ、真剣に検討しているお客さまの目に不人気物件のように映ってしまいますから」

そういう考え方もあるのか。つまり私たちの接客も、和合や菱紅の人たちが案内している本命のお客さまに向けた演出の一部ということ……ため息がこぼれるけど、それにしてもモデルルーム見て二千円はオイシイな。私ももしまた職に困った時は、モデルルーム巡りでひと稼ぎしよう。

何だか気が抜けてしまい、とぼとぼと事務所に戻ると、滝さんから声をかけられた。

「帰りましたか」

「は……はい」

「検討住戸は」

「な、なし……です。すみません、次のアポ、取れませんでした……」

「そうですか」

あっさり返されて、本当に最初から期待されていなかったんだなと思い知る。

「ああ、それから岩城さん」

「は、はいっ」

やっぱり叱責されるかと身構えた私に、滝さんはさらりと告げた。

「次、午後の回の人。ブースじゃなくて個室を使ってください」

「え？　はい……わかりました」

本当に、鴨居さまのことはもういいみたいだ。

けどまだ何か言いたそうに私を見ていた滝さんは、一瞬口を動かしかけて、思いとどまったようにくるりと背を向けた。

何だったんだろう……それはそうと個室を使えだなんて、次の人はＶＩＰなのかな。さすがにバランスを考えて、一人くらいはとびきりいいお客さんをつけてくれたんだろうか。

なんて、甘い期待はもちろん裏切られたのだった。

「今時さあ、タワマンなんか買う奴は情弱なんだよなあ。ナントカと煙は高いとこ上るってやつだよ。モデルルームも目眩ましのオプションだらけで、いざ住む時にガッカリする奴の多いこと。ここも酷かったなー、標準がお粗末だからオプションで誤魔化してんのがミエミエなんだよ。一昨年浦和でやった和合のタワマンより仕様落としてきてんだろ。最近どんどん内装ショボくなるよなー」

「そ、そうですか……？　はは……」

私は苦笑するほかなかった。

二人目のお客さま、梁瀬さま——三十代後半の単身男性。個室を使えって、こういうことだったのか……たしかにこんなことを喚き散らしているのが他のお客さまの耳に入れば、気分ぶち壊しだ。ＶＩＰ待遇じゃなくて隔離措置だった。

「タワマンは将来必ず破綻するってのは、もうジョーシキだろ。修繕費が膨れ上がって、金のある奴から逃げ出してくんだ。ゴーストマンション化すんのがわかってんのに、まだこんなもん売ってるあんたらホント無責任だよな。売る方も買う方もどっちもどっちだけどよ、拝金主義のモニュメントみたいなもんをよくもまあボンボン建ててるもんだ」

この人、何でここ見に来たんだろう……。

思わず遠い目になっていた私は、「おい」と意識を呼び戻された。

「図面だけじゃわかんないからさ、矩計図見せて」

「か、かなば……？　え、ええと……」

「矩計図。縦に切った断面図だよ。そんなのもわかんないの？　見るからに新人だろうけどさー、っとに近頃のデベ営業はレベル低いよな、素人以下かよ」

「す、すみません……かなばかり図ですね、少々お待ちください、確認してきま……」

「あーほらこれだ、何訊いたってすぐ『確認します』ばっかで、バイトみたいなのが多すぎなんだよなあ」

バイトというか、まあ、派遣ですけど。

「いいよもう、だいたいわかったから、今日はもういいや」

「そ、そうですか……では、下までお見送りします」

やっと帰ってくれる……来場してから三時間以上は経っていた。

「あと、あれ忘れないでね。サイトから予約したから」

そんでやっぱりクオカードもらうんかい。

決めた。モデルルーム巡り、私も絶対やる。お金もらってチヤホヤされてやる。

梁瀬さまが帰り、エントランスでぐったりとうなだれていると、今度は杉政さんがお客さまを連れてきた。

「本日はありがとうございました。ではまた、来週お待ちしております」

「はい。よろしくお願いします」

　ぴしっとお辞儀する杉政さんに合わせ、隅に寄った私も頭を下げて彼のお客さまを見送った。若い夫婦が、素敵だったねと笑顔を交わしながら幸せそうに帰っていく。

「……お疲れさまです」

「お疲れさまです。さっきの人、梁瀬さんだっけ？　ここにも来てたんだ……岩城さん大変だったでしょ。去年僕が研修してた物件にも来てましたよ、ある意味有名人というか」

「そうなんですか……何か、ここを貶してはいましたけど、マンション全般を嫌ってるような感じだったんですよね。中でもタワーは特に嫌いみたいでした」

「うーん、僕なんか建物大好き、マンションは見てるだけでも癒されるし休日は好みのマンションの周りを散歩してマンション浴するのが趣味だから、興味ないとか好きじゃないって人がいるのは理解できても、あそこまで毛嫌いするのは何でなのか不思議だなぁ……」

　マンション浴？　って趣味初めて聞いた……。けど私も、杉政さんと西口のホテルを見に行った日から、自分でも建設現場の周りを歩き回ったり、他にもアンケートのおすすめスポットを確かめに行ったりして、周辺環境には結構詳しくなれた。マンションの知識はまだ素人でも、この街の話題で鴨居さまとはそれなりに会話できていたと思う。

「タワマンに親でも殺されたんでしょ。時々いんのよ、そういう人」

ふいに入ってきたのは能海(のうみ)さんだった。とっくに午後の接客を終えていて、さっき私がクオカードを取りに行った時には事務所で滝さんと話していたけど……ここに何しに来たんだろう。

「あのさ、岩城さん？」

「は、はい」

「滝さんからの伝言。正式オープンしたんだし、お客さまの目もあるからもうちょっとそれらしい恰好してもらえないか、だって。自分が言うとセクハラになるからあたしから言えってて。ったくリーダーなんだからそんくらい自分で言えっての。じゃ、伝えたからね」

畳みかけるように告げると、つかつかとパンプスを鳴らして事務所に戻っていった。

「…………」

「あ……ぼ、僕は、そういう服装もいいと思いますよ、岩城さんに似合ってるし、真面目(まじめ)そうというか……フレッシュな感じで！　そう、就活生みたい……に……」

杉政さんの声が気まずそうに萎(しぼ)んでゆく。あなたは何も悪くないです、気を遣(つか)わせてすみません。そうですよね、やっぱりリクルートスーツは、ちょっと違いますよね。

「そ、それに、岩城さんはすごいと思いますよ。初日であの人を担当して、最後まで一人で対応するなんて立派です。ついこの間まで学生さんだったとは思えないな」

違うんです、本当はもう三年くらい前から働いてるんです。その割に対応だって、ボロクソに言われるがまま受け流してただけで、質問にもちゃんと答えられなかったし。

何かもう色々情けなくて、へらっと作り笑いを浮かべてその場を逃げ出した。

事務所には戻らない。下手をしたら泣いてしまいそうで、誰もいない場所を求めて外に出ていた。建物の裏を回って、印刷機のあるプレハブ小屋の扉を引き開けると、ようやく水槽に辿り着いた魚のように中へ飛び込んだ。

「はぁ……――って、えっ、日下部さん⁉　何でここに……」

長机で、スマホいじりに興じていたのだった。何でもナニもない、サボっているのだ。

「お疲れさまです。岩城さんも休憩室でひと休みですか、気が合いますね」

いやここ休憩室ではないでしょ。

でも、そっか……どうりで鍵が開いていたわけだ。

「今日はさすがに骨が折れましたねえ。さ、どうぞ、岩城さんもおかけになってください」

そう言ってパイプ椅子を引いてくれるので、仕方なく隣に腰を下ろす。出かかっていた涙も引っ込んでしまった。

「日下部さん……あの、橘（たちばな）さんたちが着てる、ＣＡさんみたいな恰好いいスーツ。あれって制服ですよね。私も貸してもらえたり……」

「ああ、あれは和合さんで用意されている女性用の制服なので。武州（うち）はそういうのないんですよ。男女平等でいいでしょう」

　単に作ってないだけだなと悟り、諦観（ていかん）の笑みを浮かべた。

　前の職場では、社員は作業着にネクタイが基本、事務の私はとりあえずカーディガン的なものでも羽織っておけばＯＫという雰囲気だったから、就活用以外のスーツは持っていない。新しく買うお金もないのにどうしよう。

「やっぱり、スーツじゃないとダメですかね？　オフィスカジュアルとか……」

「構わないと思いますよ。現場の雰囲気に合ってさえいればいいんじゃないでしょうか」

「……スーツにしときます」

　そもそも綺麗系の服自体ほとんど持ってないし、私のワードローブとセンスでいけば私服の方が滝さんのご不興を買いそうな気がする。結局のところこれが一番マシなのだ。

　それに……どうせ私の服装なんて、背景の一部でしかないんだから。もう私なんかどんな恰好してたっていいでしょ。引き立て役にそこまで求めないでよ。

　長机に突っ伏した私は、そのまま顔だけ日下部さんの方に向けた。

「日下部さんも、今日一日まったく買う気のないお客さんを案内してたんですよね。何か……むなしくないですか。しんどいって思いません？」

「いいえ？　買う気のあるお客さまの方が大変ですから、気楽でいいですよ。たしかにこの老体には、三階建てのギャラリーを歩き回るのは少々しんどいですが」

「日下部さんって、いつもそんな感じなんですか……昔はバリバリやってたけど、何かあって価値観が変わったとか、若い頃に頑張りすぎて燃え尽きちゃったとか……？」

「わたしは今でも、毎日出勤して家に帰るだけで、頑張りすぎて燃え尽きた心地がします」

……こんなにやる気がなくて何十年も社会人を続けてきたことが、かえってすごいことのように思えてきた。けど、やっぱり――

「……もったいない」

せっかく正社員なのに、名のあるグループ企業の一員なのに。もっとやりがいのある仕事がしたい、活躍したいとは思わないんだろうか。大きな案件を任されて世界中を飛び回ったり、交渉のテーブルで「話にならない」とか言ってアメリカ人みたいに書類を滑らせてみたりとか、ああいうことをしてみたいと思ったことは一度もないのかな。

なんて、自分の『大きな仕事』に対する発想の貧困さにため息をつく。けど無理もない、そんなの私にはもう一生縁のない世界なのだから。

別に世界を飛び回らなくてもいいけど、倒れるくらい情熱を注げる仕事がしてみたかった。どうすれば出版社に入れたんだろう。大学からじゃ遅かった、高校から、ううんもっと、中学、いや子どものうちからちゃんと目標を定めて努力していれば入れてたのかな。今のこの後悔の記憶を持って生まれ直したい。

「日下部さんは、どうしてデベロッパーに入ったんですか」

杉政さんみたいに街づくりがしたいとか建物が好きとか、そういう理由があったんだろうか。それとも私みたいに、本当は別の夢があったのに諦めたりしたのだろうか。

日下部さんはいつもの笑みで、こう答えた。

「たまたまですよ。たまたま求人があって、たまたま受けたらたまたま受かりました」

……………そんな気はしてた。

でもきっと、みんなそうなのだ。萌恵が実家で二人の子どものお母さんをしているのも、今私が、プレハブ小屋で長机に突っ伏しているのも。人生なんて、たまたまの連続なのかもしれない。

9 ― 海には海の、山には山の、営業には営業の装備がある

「ちょっと岩城さん、何やってんの」

三田村さんの金切り声が響いた。今日は滝さんが本社会議で、代わりに現場を仕切っているサブリーダーの三田村さんは、いつもよりピリピリしている。

「え、他社チラシの回覧を……」

「この忙しい時に何してんだよ、そんなの派遣にやらせとけ！」

新聞係よろしくと、あなたに言われたからやってたのに……。

「すみません、山ノ内さん、これお願いしてもいいですか」

私はグランドオープン直前から現場に加わった事務スタッフの山ノ内さんに、新聞の束を引き継いだ。山ノ内さんや受付スタッフ、シアターやジオラマを案内するナレーターも派遣だけど、皆ヒュリソとは関係のない和合不動産お抱えの派遣会社から来ているので、私は自分も派遣だと打ち明けることもできないでいた。

「山ノ内さんも忙しいのに、本当にすみません」

「大丈夫ですよ。仕事ですから、お気になさらず」

　これまで私がやらされていた作業の多くは、彼女が請け負ってくれている。

「岩城さん、またアポなし来てんだからさっさと出る準備して！」

「は、はい！」

　徒労に思える週末が過ぎ、平日になると少し状況が変わった。

　このマンションギャラリーでは表向き予約制を謳っているが、グランドオープン以後は平日に限ってアポなしの来場者も受け入れている。

　予約のない飛び込み客ということは、あらかじめ担当が決まっていない。平日は交代で休みを回しているので営業の頭数も少ないし、できる営業ほど平日も予約で埋まっているから、体の空いている私に接客のチャンスが回ってくることになる。

「んー、こっちを橘、こっちは岩城さんね」

　三田村さんが来場アンケートのバインダーをそれぞれ差し出すので取りに行く。アポなしは受付の段階でアンケートを書いてもらい、ナレーターがシアターやジオラマを案内している間に、リーダーがアンケートの内容を勘案して空いている営業に振り分けることになっている。

「そういや日下部さん、前の人まだ終わんないの？　結構長いよね、買いそうなのかな」

「さ、さあ……どうでしょう」

　どうせまたどっかでサボってるんだろうな。

　接客のチャンスが増えたとはいえ、私たち武州まで回ってくるのは大抵条件の悪い客だ。そもそもアポなしで立ち寄る人というのは、事前に予約する人ほど真剣じゃない。

　また冷やかしだろうなと肩を落としつつ、私は接客に出た。


「ありがとうございました。お気をつけてお帰りください」

　案の定何ら手応えのない接客を終えた私は、掃除用のクロスを片手にモデルルームのある三階に向かった。案内中にお客さまが洗面台の三面鏡をべたべた触っていたので、指紋を拭き取りに戻ったのだ。

　スリッパに履き替えているところで、パンプス一足と男性のスニーカーがあるのに気がついた。誰かが案内中なのだなと思っていると、Cタイプのモデルルームから橘さんとお客さまが出てきて、隣のAタイプの方へ入っていった。が、すぐに橘さんだけが玄関から出てきたかと思うと、血相を変えて私の方に駆け寄ってきた。

「岩城さん、Cの方、お願いします」

「えっ」

Ａタイプの掃除に来たんだけど……まあ別に、ついでだし汚れてるなら両方ささっと拭いていきますけど。などと思っていると、橘さんは焦点の合わない目で、訊いてもいないことを口早に喋りだした。

「今、ご案内している私のお客さま、資産家で、投資物件をお探しで、オールキャッシュで買えるんです。今のところ前向きに検討してくださってます」

何そのお客さま、羨ましいな。

「ですから……お願いします、先にあちらをご案内するので、その間に」

そう言いながら、慌てた様子でＡタイプの方に駆け戻っていった。

何今の。自慢？　……何なんだと首を傾げつつＣタイプの玄関をくぐり、洗面室に向かった私は、異様な気配を察知した。

いや、気配というより、それはもっと、五感寄りの部分で感知した異状だった――

まさか。私は祈るような気持ちで、洗面室の隣のドアを開けていた。

ああ――橘さんがテンパっていたわけがわかった。私も今、軽くテンパっている。

モデルルームは、本物の住宅そっくりに作られている。というか内装はみんな本物だ。床も壁も、キッチンもお風呂もトイレだって本物。だからつい、当たり前のことを忘れて使ってしまう人がいる。

そう——便器は本物だけど、配管までは通っていないのだ。水なんか出ないし、どこにも流れていってはくれない。

「嘘でしょ……」

私はドアを閉めた。見なかったことにしたい。正直な心が叫んでいた。

どうせなら虚構と現実の歪みに発生した亜空間にでも消えてくれればいいのに、事実それは、そこに留まっている。

ドアを背に立ち尽くしていた時、玄関が開く音がした。廊下の向こうから派遣の山ノ内さんが顔を出す。

「あ、岩城さんお疲れさまです。橘さんはいらっしゃいませんか？　お電話が入ってるんですけど」

「あ……あの、山之内さん！」

はい？　と問い返す彼女の顔を見つめて、私は数瞬口ごもった。

「…………橘さんだったら、Aタイプの方にいます」

ありがとうございます、と会釈して山ノ内さんは立ち去った。

一人残された私はゆっくりと、背後のドアを振り返る。

見つけたのは私だし。いや私じゃないけど。私は、橘さんから押しつけられて嫌だった。

だから私は、人に押しつけたくはない。

とりあえず、ガラス拭きクロス一枚では立ち向かえない。私は掃除用具を取りに戻った。


昼下がり、しみじみ思う。妹が我が子のおむつを替えている時に、私は何が悲しくて他人の……いやもうこの件について考えるのはやめよう、忘れよう、一刻も早く。

気分を切り替えるためにも、またアポなしの来場があったのはありがたかった。

埋め合わせじゃないけど、さっき頑張った分、ちょっとくらいいいことがあるといいな……なんて期待はほどほどに、私は接客に臨んだ。

「ふうん、そうですか。制震構造で、地震だけでなく強風の揺れにも強いんですね」

「そうなんです。それに、ええと、この辺りは大宮台地の上で、地盤もいいと言われています。さいたま新都心は、想定される大規模災害の被害が比較的軽微なので、首都機能のバックアップ拠点として官公庁などを誘致してきたという経緯もあるんです」

「そうですか。なるほど、それは安心できそうですね」

さいたまタワーの話をした帰りに、杉政さんが教えてくれた受け売りそのままだけど……お客さまの感触は上々だ。三宅さま、五十代男性。子どもは独立して今は夫婦で二人暮らしとのことだけど、今日はお一人でのご来場。おっとりした方なのか間がちょっと独特だけど、私のつたない説明にも時折笑みを浮かべながら頷いてくれる。

「それはそうと、失礼ですけど……あなた、ひょっとして新人さんですか？」

ぐ、と一瞬返答に詰まる。初日にお客さまから「素人以下の新人」と罵倒されたことを思い出し、不安がよぎるけれど……嘘もつけない。

「は、はい……実をいうと、この物件が初めてなんです」

おそるおそる顔色を窺うと――三宅さまは、にいっと口角を引き上げた。

「やっぱりそうですか。いえ、いいですね、初々しくて」

恐れていたのとは真逆の反応に、ほっと肩の力が抜ける。

「私、頑張っている人が好きなんですよ。応援してあげたくなるんです」

「……あ、ありがとうございます！」

これって……気に入られた？　もしかしたら、今度こそ、この人なら買ってくれるかもしれない。やっぱり神さまは見てくれてるんだ、私にはトイレの神さまがついてる。

「では、モデルルームにご案内いたします」

三階には他に誰もいなかった。さっきのことがあるので、何となくCタイプは避けてA

タイプの方に案内する。石張りの玄関を見回し、シューズクロークを覗いた次は、手前の洗面室に入った。

「こちらの洗面室は通り抜けできるウォークスルークローゼットで主寝室と繋がっていますので、お風呂上がりに着替えを用意する手間がなく、こちらでパジャマを着てそのままおやすみになれますし、朝の身支度にも便利です」

「なるほど。それは、いいですねえ」

ゆっくりと顎をバウンドさせる三宅さまに、よし、と心中で拳を握る。

「浴室も、意外と広くていいですね。このシャワーヘッドはオプションですか？」

「いえ、こちらのミストとマッサージに切り替え可能なヘッドが標準でついています」

「そうですか。いいですね……」

満足げに顎をさすっていた三宅さまは、「ふむ」と頷くと、突然妙なことを言いだした。

「あなた、ちょっとそこで、そのシャワーを持ってみてもらえますか」

「へっ？　は、はい……これでいいですか？」

「ええ、いえ、もう少しこう、首のあたりまで持ち上げてみてください。実際浴びる時の使い勝手をイメージしたいので……ええ、ええ、そうです、いいですよ」

「は、はぁ……」

三宅さまはにんまりと頷いている。私は苦笑しつつしばらくその体勢を続け、視線が離れた隙にそうっとシャワーを戻した。使い勝手を確かめたいなら、自分でやればいいのに。

「おや、バスタブが変わった形をしていますね。片側に段差がある」

「はい、こちらは半身浴のできるベンチタイプで、節水にもなるんですよ」

「ほう、そうですか……それはいいですねえ」

熱心に浴槽を覗き込む三宅さまに、「どうぞ、中に入ってお試しいただいて大丈夫ですよ」と声をかける。これをやるお客さまは結構多い。

「いえ……あなた、座ってみてもらえますか」

「はい？」

さっきのシャワーといい、何で自分で体験しないんだろう……と思いつつ、断ったら失礼になりそうで、私は戸惑いながらも浴槽の縁を跨ぎ、中に入った。

「こちら側のベンチ部分に座ると、このように半身浴ができます。反対の、段差のない方に座って、こう……ベンチの上に足を載せると、この通り、ちゃんと脚も伸ばせて肩まで浸かれるんです」

「ふむ……はい、ええ。いいですね」

にこにこと私を見下ろしていた三宅さまは、おもむろに片足を上げたかと思うと

――私が座っている浴槽の中に、その足を踏み入れた。

――えっ、え、え？　どういうこと？　状況が呑み込めない。

咄嗟に自分の足を引っ込めたものの、当惑して固まる私の向かい、ベンチ部分に三宅さまが腰を下ろした。節水型の浴槽に、大人が二人。両膝を立てた私の脚と、向かいに座る二本の脚が密着する。

「あ……あの、三宅さま……？」

無言で正面から見下ろす、三日月型の目に――ぞわっ、と背筋が粟立った。

「うん、いいですね……とてもいいです」

どうしよう……この人、何か変――怖い。

「あ、あのっ、じゃあ、そろそろリビングの方に……」

立ち上がろうと浴槽の縁を掴んだ手に、上から別の手が重なった。

「ひっ……！」

「もう少し、ゆっくりしましょう」

にいっと、不気味な笑みが間近に迫る。

「……こういう営業のお仕事は、ノルマがあって大変なんでしょう？　契約、取れてないんじゃないですか。私みたいに優しくしてくれる客も珍しいでしょう」

は——何……？　この人、何言ってるの？

「客の気分を、損ねない方がいいんじゃないかなあ……うん、いいね……本当に、一緒にお風呂に入っているみたいだね。とてもいい気分だよ」

——気持ち悪い。気持ち悪い、嫌だ、怖い、何この人。

逃げ出したくても恐怖に足が萎え、声も出せない。たとえ出せたとしても、今この階には私とこの人、二人きり——叫んだところで、誰にも声は届かない。

どうしよう……お願い、誰か、誰か気づいて、誰か来て——……！

「……おや」

洗面室の方で引き戸の開く音と、同時に気の抜けた声がした。

「これはこれは……失礼しました。お客さまをご案内中でしたか」

寝室に繋がるウォークスルークローゼットから、日下部さんが顔を出していた。

浴室の入り口まで来ると、のろのろした動作で胸ポケットから取り出した眼鏡をかける。

頭の後ろには、ぴょんと跳ねた——あれは、そんな、まさか——寝ぐせがついている。嘘でしょ、まさか、モデルルームのベッドで昼寝してたの!?

唖然と見上げる私を、日下部さんはいつものようにのほほんと見下ろしていた。

「…………——あ、あのっ！」

渾身の力を振り絞り、声を発した。

「こ、この人、私の上司です、私より、ちゃんとご案内できると思いますので……日下部さん、お願いします！」

叫ぶように言うと、萎えた足に鞭打って浴槽から這い出し、私は逃げた。転がるようにモデルルームを飛び出して、スリッパから履き替えるのももどかしく、フラットパンプスをつっかけ階段を下りる。もつれる足で何とか一階に辿り着くと、目に入ったパウダールームに滑り込んで、一気に崩れ落ちた。

「……──うっ」

メイク台に突っ伏した瞬間、両目から涙が溢れた。堰を切ってこぼれ落ちる涙はとどまることなく、嗚咽が喉を込み上げてくる。肩が、背中が、まだ生々しい屈辱に震えていて、自分を抱き締めながらひたすらに泣きじゃくっていた。

「ちょっと、どうしたの」

やがて背後で声がして、私はおそるおそる振り返った。

そこには右手にバニティポーチを持った能海さんが仁王立ちしていた。ここはお客さま用のパウダールームだが、平日で女性客のいない時間に限ってはスタッフも使用していいことになっている。きっと化粧直しに来たのだろう。

「どうしたのって訊いてんの」

「あ……」

私はまた、ぼろぼろと泣きだしてしまう。

「あーもう、ちょっと……何なのよ。ていうか今接客中じゃなかったの？　お客は？」

「うっ……お、お客、さま、は……あの人は……あ、あの人、おかしいんでっ……」

声をしゃくって泣きながら、私は内側の不快なものを吐き出すように、今日起こったことを一気に話した。制御装置が完全に壊れてしまっていた。

「……わたしっ、やっぱり、この仕事向いてないです……！　私には無理なんです、もう無理……！　誰も、誰も私のこと、営業としてなんて見てくれないし……」

色んな感情がぐちゃぐちゃで自分でも支離滅裂になっているのがわかったけど、少しずつでも口から出すと、だんだんと気持ちが落ち着いてきた。

ようやく嗚咽がおさまった頃、ずっと黙っていた能海さんが口を開いた。

「泣き止んだなら、そこで顔洗いな」

言われて目線を上げると、鏡に映る顔は酷いものだった。たしかにこのままじゃ事務所にも戻れない。私は何度も肩を上下させてゆっくりと呼吸を落ち着かせると、よろよろと立ち上がり、言われた通り洗面台で顔を洗った。

「拭いたら、こっち座って」

　能海さんはいつの間にかメイク台の前に座っている。厳(いか)めしい表情に怯(おび)えつつ、彼女と向かい合うように置かれた椅子に腰を下ろす——すると突然、能海さんが私の顎を摑んだ。

「ひゃっ？」

　頬に冷たくぬるっとしたものを塗りつけられ、思わず変な声が出る。

「動かないで。化粧水がなくていきなり乳液で悪いけど、何もつけないよりはマシでしょ」

「あ、あの……？」

　表情のないグレージュのカラコンにじろりと射竦(いすく)められ、私は何も言えなくなってしまう。能海さんは乳液を塗り終えると、ポーチから別のチューブボトルを取り出してそれをまた私の頬に乗せ、指先で伸ばしはじめた。

「あんたさ、『私は何もわからない新人ですごめんなさい』って顔してるんだよ。客に会う時、心ん中でお手柔らかにお願いしますって思ってるでしょ」

　図星だった。能海さんはポーチと私の顔を行ったり来たり、手を休めずに喋り続ける。

「ハンデもらって家が売れるなら誰も苦労しないの。上目遣(うわめづか)いで『自信ないけど作ってみたの』って言えば喜んで食べてもらえる差し入れクッキーじゃないんだから、定年までローン組んでウン千万円と引き換えに手に入れるものを、『私が自信を持って売る家です』

って言えない奴から誰が買いたい？」

言葉の一つひとつがグサグサと突き刺さるのは、的を射ているからだ。けど……

「私は実際、何もわからない新人です……事実が顔に出てるだけです……」

「だから化粧で化けるんでしょ」

す、と眉の上に線が引かれる。

「知ってる？　大昔、化粧の始まりは陽射しとか乾燥、虫、それから魔除け……色んなものから身を守るための防御だったんだって。もしくは身分の高さを示して、優位に立つため。部族の戦士が顔や身体にペイントするのも、自分を強く見せるためでしょ。要はナメられないための武装。ていうか、あんたは何でもっとちゃんとメイクしないの」

「華美よりは、自然な方が無難だと思って……就活だってそうじゃないですか。もともと派手なのは似合わないし、慣れないことをすると、かえって酷いことになるので……」

ここに来た初日、他でもない能海さんにマスカラの滲みをこき下ろされてからは、最低限のベースメイクだけで過ごしていた。また失敗して笑われたら恥ずかしい。

「似合わないって決めつけて、慣れるまでやらないからでしょ――目閉じて」

まぶたに何度も指や、筆先のようなものが触れる。私はもうなされるがままだった。

「別にいいのよ。あなたに買ってもらわなきゃ困るんです～うるうる、って営業でも、その後うまく対処できるんならね。けどそれより、あんたに売れなくてもこっちは痛くも痒(かゆ)くもないってハッタリかましてる方が、楽だし売れるとあたしは思うけど」

「ハッタリ……ですか」

「そ。この仕事やるからには、図太くならないと」

ほらできた、と言われ、目を開けた私は鏡を振り返った。地毛より少し明るいパウダーで、ふわっとしているけど強い印象のストレート眉。目尻が跳ね上がったアイラインに、カーキとゴールドのアイカラー。

今はしょぼしょぼの涙目だから、余計にそう思うのかもしれないけど。

「……やっぱり、私にはちょっとちぐはぐな気が……能海さんのしてくれたメイクは素敵ですけど、私の顔には、似合ってないですね」

「今はね。だんだん馴染(なじ)んでくんのよ、メイクが変われば気持ちが変わる。気持ちが変われば顔つきが変わる。あんたは絶対変われるよ、他人のウン○取る根性あるんだから」

ただ、と能海さんが顔をしかめた。

「やっぱその恰好じゃメイクしても顔だけ浮くね。こないだ滝さんからも言われたのに、あんたも頑固っていうか……」

「あ……すみません、注意されたのはわかってるんですけど、今は新しい服を買う余裕がなくて……」

さすがに情けなくなって首を縮める。と、能海さんは絶句したような顔から、ややあって盛大なため息を吐き出した。

「何、お金がなくてそんなカッコしてたわけ？　だったら早く言いなさいよ！　ポリシーなのかと思ったでしょ……ああもう、あんた、今日上がったらうちに来て。ていうかもう上がれる時間じゃない、ほら、このまま一緒に帰るよ」

「えっ、うちって……それにまだ仕事が……――ってああ！」

頭が冷えたら、自分が放り出してきた「仕事」のことを思い出した。

「私、案内中だったのに、あのお客さま、日下部さんに押しつけて逃げてきちゃって……」

「は？　いいよそれはもう、そのまま任せときな。あのおじいちゃん初めて役に立ったんじゃないの。いい？　ヤバいと思ったらさっさと引き上げて人を頼る。それだけは絶っ対に遠慮なんかすんじゃないよ、何かあってからじゃ遅いんだから」

「は……はい」

「その変態クソオヤジ、後でブラックリスト入れとかなきゃね。客の立場を利用してセクハラする奴は客じゃない。死ねばいいのに」

物騒なことを言いながら、能海さんは私の腕を引いて歩きだすのだった。

さいたま新都心駅至近、線路沿いに建つ一階がコンビニの賃貸マンション。有無も言わせず連れてこられた能海さん宅のリビングに、私は所在なく突っ立っていた。

「散らかってて悪いねー、先月引っ越してきたばっかで。ちょっと待ってて、たしかこの辺に……これか？　違う、あれーどの箱だ」

間取りは1LDKだろうか。能海さんはリビングと引き戸で仕切られた部屋で、乱雑に置かれたダンボール箱をあれでもないこれでもないと開けたり閉めたりしていた。

「お、あったーこれだわ、はい。中見て」

手渡されたダンボール箱の中には、クリーニングのハンガーとカバーが付いたままの衣類が詰まっていた。一番上から取って広げたのは、チャコールグレーのスーツだ。

「ピンストライプ……」

「それが何？」

「いえ、別に」

他にもシンプルな黒のパンツスーツやライトカラーのセットアップ、素材や形も様々なジャケットやスカート等、オフィス向けのアイテムが次から次に出てくる。

「それ全部あげるから、明日から着てきな。サイズもまあ見たとこ大丈夫でしょ」

「ええっ!?　こ、こんな……どれも高そうだし頂けません！」

「高かったから捨てるには惜しいけど、売るのもめんどくさくてさ、しまうとこなくて困ってたんだよね。知ってる子にあげるなら、こっちも気持ちよく手放せるから助かるの。古いやつだからちょっと流行遅れのもあるけど、それよりはマシでしょ」

それ、とは今私が着ているくたびれたリクルートスーツのことだ。

「けど……」

「あーもう、あたしがいんないって言ってんだから持ってけばいいでしょ。わかった、じゃあ今夜の晩酌付き合って。それが代価」

「え？　あの、でも……」

「あたしと一緒に酒は飲めない？」

「いっ、いえまさか！」

「じゃ決まりね」

二十分後。ローテーブルの上には缶ビールとチューハイが三本、缶カクテルに透明とピンクのジーマが二本ずつ、さらに白ワインが一本並んでいた。宅飲みである。

荷物を持って電車に乗るのも煩わしいだろうと能海さんが気を回してくれて、件の服は箱ごと宅配で私の家へ送られることになった。一階のコンビニに持ち込んで発送の手続きをしたついでに、お酒や食料を買ってこの部屋に戻ってきたのだ。

「どれでも好きなの取りなよ」

それにしてもこの量……さすがに全部ではないだろうけど、いったいどれだけ飲むつもりなのか。戦々恐々としつつ、私はカクテルの缶を取った。

「グラスもないわけじゃないんだけど、まだ荷解きしてないからさ」

「このままで大丈夫です」

「そ？　じゃ、乾杯」

カクテル缶とジーマの瓶をこつんと合わせる。ちょっと間の抜けた鈍い音がした。

「はー、うま。明日が休みならもっと美味いんだけど」

「それは、その通りですね……」

結局逃げ出したまま帰ってきてしまって、明日出勤することを思うと胃が痛い。冷たいカシスオレンジがきりきりと沁みる。

能海さんはジーマをラッパ飲みで二、三度呷ると、瓶をテーブルに置いた。

「……今日のあんたみたいにさ、トイレで泣いてる子、これまで何人も見てきたよ」

床に置いていたレジ袋を引き寄せ、買ってきたおつまみを物色しながら続ける。

「決して楽な仕事じゃないし、売れない人間にはキツい世界だからね。そうじゃなくても売りにくい物件てのはあるし、無理ゲーに嵌まって病む奴いっぱいいるよ。近所で反対運動なんか起きてる物件に当たったら最悪だし、中にはヤクザ顔負けのデベだってある。この業界本当に合わないと思ってるんだったら、深入りしない方が身のためなのは確か」

チーズ味のスナック菓子の袋を破くと、能海さんは上目遣いに私を見た。

「何か、ごめんね……？　ついお節介で服とか色々押しつけちゃって、迷惑じゃなかった」

「えっ……いえそんな、すごく助かりました！　泣いてた時は、何か色々爆発しちゃって、変なこと喚き散らしちゃいましたけど……私本当にお金ないんで、今は辞めるわけにもいかないですし……あの、本当にありがとうございました」

私は床の上で姿勢を正し、改まってお礼を言った。

「だったらいいけど……あたしさ、前の職場でも、あんまりダサい恰好してる子がいたから自分の服あげたことあるの。良かれと思ってしたことだったんだけど、その子のプライド傷つけちゃったみたいで、身なりを馬鹿にされたって上司に泣いて抗議したらしくてさ。もしかして、またやっちゃったかなって」

「いえいえ、私は本当に、一〇〇％感謝しかないです。ただ、あんなにもらっちゃってほんとによかったのかなって……」

「だから、それは今こうして一緒に飲んでるのでチャラでしょ」

ふふっと笑う能海さんの頬に赤みが差していて、いつものクールな雰囲気とのギャップに何だかクラッとしてしまう。もう酔いが回ってきたんだろうか。

「……実をいうとあたしね、中学までずっといじめられっ子だったの」

「ええ⁉　むしろいじめっ子の方じゃ」

「あ？」

「いえ、すみません……」

気を取り直して、能海さんが続ける。

「あたし言葉キツいみたいで、思ったことはすぐ口から出ちゃうし、友達関係うまくいかないんだよね。こういう性格直したいって悩んでた時期もあったけど、言葉選んでると喋れなくなるし、無理に同調すると嘘っぽくなるしで、全然ダメで。そういう時に『青白い顔して暗そう』って悪口言われてさ。それ聞いてあたし、あ、それなら直せそうって思ったの。ちょうど夏だったし、ドラストでサンオイル買って、河原で一日座ってたら結構いい感じに焼けてさ」

「河原で」

「中学ん時の話だからね。いい感じと思ってたのも自分だけで、今思い出すと恥ずかしくなる黒歴史だけど……でも、その時思ったわけ。中身を変えるのは難しいけど、外見変えるのは案外簡単だなって。それからメイクとかファッションとか色々試してるうちに、自分で言うのも何だけどすっかり垢抜けたわけよ。中身は変わってないから相変わらず友達はいないし陰口も叩かれるんだけど、そういうの、もうどうでもよくなってたんだよね。いつの間にか直すとか何とかじゃなくて、自分のなりたい自分を作ってく感じになってたから。で、気がついたらいじめられることもなくなってた」

スナック菓子を口に放り込む能海さんを、私はうっとりと眺めていた。胸元が開いたセクシーな私服や、健康的な小麦肌とツヤサラの黒髪、私にはしっくりこなかったモード系メイクも全部よく似合っている。自分に手をかけているのは、自分自身に愛情を注いでいることでもあるんだと改めて思わされる。

「まーでもさっきも話したみたいにあたしちょいちょい無神経らしいから、大人になってからも周りとうまくいかないことが結構あって。職場の人間関係が息苦しくなって転職するの繰り返してたんだけど、今の仕事で、やっとこれだって思えたの。マンション分譲はその物件が売れたら終わり、リーダーでもなければ数か月から長くても一年くらいで別の物件の担当になって、また新しいチームに入るでしょ。人間関係が固定されないから、淀まなくていいんだよね」

そう言われてみれば、たしかに普通の会社と違って期間限定で職場が変わる、派遣みたいな働き方だ。

「こういう性格だから接客業は向いてないんじゃないかと思ってたけど、こと家に関しては客の気分さえよくしとけば売れるってもんでもないし、逆に厳しいこと言ってやんなきゃいけない場面もあるじゃない？　あたしみたいにズケズケ物言う女だと、言われる方もかえってさらっと受け止められるのか、意外と合ってたみたい。ま、たまーに本気で怒る客もいるけどね」

　からからと笑う能海さんに、私は羨望のような気持ちを抱きはじめていた。

「この仕事、好きなんですね」

「うん。だーい好き」

　眩しいほどの笑顔で、また瓶をぐいと呷る。

　それにしても、能海さんってこんなによく喋る人だったんだ。何かイメージ変わったな……なんて思っていたら、能海さんは笑顔のままふらーっと後ろに傾いていき、とうとう床に寝ころがってしまった。え、あれ？

「あの、能海さん？」

　メタリックカラーで彩られたまぶたは完全に下り、気持ちよさそうな寝息が聞こえてくる。よく見ると耳が真っ赤になっていた。これは、明らかに――酔っぱらって寝落ち。

まだ瓶の半分しか減ってないのに……能海さん弱っ。

「能海さん、起きてくださーい、能海さーん」

　呼べども揺すれども、漕ぎ出した船は一向に戻ってこないのだった。


　翌朝は初夏らしい爽やかな青空が広がっていた。

　通勤電車が動き出し、間断なく線路の音が聞こえてくる室内。欠伸をしながらダンボールだらけの寝室から出てきた能海さんは、キッチンに立つ私に気づいて立ち止まり、くしゃくしゃと自分の髪を掻き混ぜた。

「……あー、そっか。昨日、飲んだまま寝ちゃったんだ……」

「おはようございます。すみません、どうしても起きなかったので泊まらせてもらっちゃいました」

　あの状態で私が帰っては、玄関の鍵が開いたままになってしまう。そんな防犯上問題のある部屋に眠れる美女を一人置いてゆくわけにもいかず、仕方なく私は能海さんをベッドまで引きずっていき、自分はリビングの大きな座椅子を平らにして寝た。

「んーん、こっちこそごめん……てか、何かいー匂いするんだけど」

「昨夜お夕飯も食べないうちに寝ちゃったから、お腹減ってるんじゃないかと思って……せめてものお礼に、簡単ですけど朝ご飯作らせてもらいました。勝手にキッチンお借りしてすみません」

キッチンに放置されていた段ボール箱を掘り出してみると、最低限の調理器具と食器類、調味料もあったので、一階のコンビニで食材を買い足して、豆腐とワカメ、玉ねぎのお味噌汁と卵焼きを作り、切れ目を入れて焼いたウインナーとサラダを添えた。

「ありがと……ちょっと待ってて、シャワー浴びてくるから」

数分後別人のようにさっぱりした顔で食卓に着いた能海さんは「あんたもメイクを極めればこのくらい変身できるようになるから」と、夢のあるお言葉をくださった。

「朝から味噌汁とか久しぶり。沁みる……」

濡れた髪をタオルターバンで包んだ能海さんが、一口啜って感慨深げに目を閉じる。

「そういえば、お風呂場使った形跡なかったけど。入らなかったの？」

「あ、はい、勝手に使ったら悪いかなと思って。ここ片づけたら、私もシャワーお借りしていいですか」

「普通に使いなよ。昨日のがトラウマにでもなってんのかと思って心配したじゃん……てかキッチンは勝手に物色すんのにシャワーは遠慮すんの？　何そのバランス感覚」

「キッチン使ったのはお礼のためですもん」

　笑いながら二人で朝食を食べる。食後、片づけはいいからとバスルームに追い立てられ、シャワーを浴びて出てくると、着替えが用意されていた。

「これもいらないからあげる。あたしにはちょっと甘すぎたけど、あんたには似合いそう」

　ピンクベージュのノーカラージャケットとテーパードパンツに、白のボウタイブラウス。これを着るならいつものひっつめ髪じゃダメだとブローしてくれた上に、「明日からは自分でやんのよ」と言いながら、解説指導つきでメイクまでしてくれた。服と合わせたヌーディな色味のメイクは、昨日よりも違和感なく私の顔に馴染んでいる気がした。

「どうよ。見かけ倒し上等、そこそこ売りそうな営業ウーマンの出来上がり。あんたは今日から可愛い女狐（めぎつね）よ。弱い自覚があるうちこそ、皮を被（かぶ）って周りの目を眩（くら）ませてやりな」

　実力は一日じゃ身につかないけど、外見は変えられる。モデルルームと同じだ。ありのままじゃつまらない。自分自身も演出する。

　ハッタリをかませ。私は営業で、今日も出勤するのだから――図太くならなくちゃ。

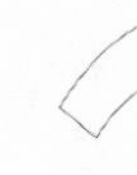

10　夢がふくらむ部屋

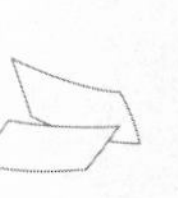

「本日はご来場ありがとうございました」

「こちらこそ、予約もせずにいきなり来たのに、丁寧に案内してくれてありがとう」

「いえ。ではまた週末に、お待ち申し上げております」

「はい。今度は主人も連れてきますね」

　お客さまをお見送りした私はパウダールームに直行し、誰もいないのを確認すると、憚ることなくガッツポーズを決めた。やった、次のアポが取れた……！

　鏡に向かい、よし、と表情を引き締める。目元を明るく彩るオレンジのアイカラーは百均のだけど、そんなの言わなきゃわからない。新規半額クーポンでカットしてもらったショートボブの髪も、普通に乾かすだけで何となく様になるからお気に入りだ。うん、なかなか、ハッタリが効いてるんじゃないか。

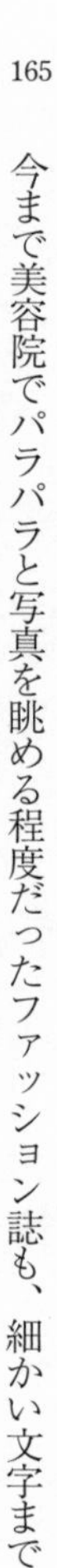

　今まで美容院でパラパラと写真を眺める程度だったファッション誌も、細かい文字まで

じっくり読み込んでみると一つひとつの装いにちゃんと意図やストーリーがあって、実は興味深い読み物なのだと気づいた。というか、かなり面白かった。『一か月着回しコーデ』の新人OLモモカと合衆国国防長官の恋のゆくえが気になりすぎて、帰りに同じ雑誌を買ってしまったほどだ。今日着ているグレンチェックのテーラードジャケットとラップスカートは、モモカが「私とアメリカ、どっちが大事なの?」と拗ねた時のコーデを参考にしている。

もちろんファッション誌だけでなく、直接仕事の役に立ちそうな建築やお金に関する本もベッドサイドにどっさり積んで、毎晩インプットに励んでいるところだ。

事務所に戻ると、デスクの電話が一斉に鳴りはじめた。ほとんどが空席で、残っている営業も既に電話中だ。

「いいです、私出ますよ」

いや、一人だけ手の空いている営業がいた。取る気もないのにわざとらしく受話器の上に手を翳す日下部さんを制して、私は自分のデスクに駆け寄る。

「お電話ありがとうございます。ハピネスフィアタワーマンションギャラリー、販売担当の岩城と申します」

受けた電話で直接来場予約を取れば、そのお客さまは自分が担当できる。右も左もわからない自分が問い合わせの電話を受けても、ろくに質問にも答えられず迷惑をかける——そんな風に思って尻込みしていたのは過去のこと。図太くいこうと決めてからは、誰よりも早く、一番に受話器を取るよう心懸けている。わからなかったら訊けばいい。それで一つ知ることができる。

「はい、お時間の変更をご希望ですね……はい、杉政はただ今席を外しておりますので、確認して折り返しご連絡いたします。はい、よろしくお願いいたします」

残念ながら新規のお客さまではなかった。メモを片手に事務所を出ると、折よく杉政さんの接客が終わったところだった。

「杉政さん、担当のお客さまからお電話があって、今日六時からのアポを三時頃にしてもらえないかとのことでした。今は出先だそうで、返事は携帯にとのことです」

「三時か……うーん、無理じゃないけど、四時から別のアポが入ってるから、できれば二時くらいに来てもらえると助かるんだけど……まあ、とにかく、折り返ししないとですよね……今日の今日だし、もう一時だし……メールってわけにもいかないですよね……」

杉政さんの顔がどんどん強張り、禍々しくなっていく。爽やかイケメンが台無しだ。

「あ、あの……よかったら、私が電話して伝えましょうか？　さっき受けたのも私ですし、私から折り返しても変じゃないと思います」

すうっ、と目の前の顔が明るくなる。

「えっ、いいんですか？　いやでも、悪いですよ……」

「私は別に構いませんよ。あ、じゃあその代わりにと言ったら何ですけど……杉政さん、私にマンションのことを教えてもらえませんか」

図太くいこう。人の力を借りられればラッキー、断られても損はしない。

「マンションのことを……ですか？　――はい！　何から話しましょう、構造？　歴史？　それとも都市計画においてのマンションが果たす機能と今後期待される役割について？」

「あ、あの、あんまりマニアックな話じゃなくて、できればここを売るのに役立ちそうな情報を……」

「わかりました！　では単にマンションではなく、タワーという側面に焦点を絞ってお話しさせてもらいますね。タワーマンションという言葉に正式な定義はありませんが、一般的には高さ六〇メートル以上、階数にするとおよそ二十階以上のマンションがタワマンだと認識されています。実はさいたま新都心駅から徒歩七分、北与野駅目の前に建つ与野ハウスが日本初のタワーマンションだと言われていて……」

「す、杉政さん。まずは取り急ぎ、お客さまに折り返ししないと」

「あ、はい、そうでしたね……」

どうやら変なスイッチを押してしまったらしい。

とにかく電話だと踵を返したところで、「待ってください」と呼び止められた。

「あの、岩城さん……やっぱりいいです。電話から逃げていたら、僕自身がいつまでも克服できないから。お客さまには、自分で電話します」

「あ……そうでしたね、わかりました。すみません、余計なことを言って」

反省して戻ろうとした私を、杉政さんはもう一度引き止めた。

「けど、それとは関係なく、マンションのことなら僕でよければ何でも教えます。だから、その……電話してもいいですか」

私はきょとんと首を傾げる。

「僕も、いい加減電話に慣れないと困るので……岩城さん、練習相手になってくれませんか？　岩城さんとなら話しやすいし、僕も建物の話だったら、電話でもそれなりに喋れるんじゃないかと思うんです。だから……これから毎晩、僕の携帯から岩城さんに電話をかけます。それで五分間だけ仕事の話をするっていうのはどうですか」

「わかりました。いいですよ、よろしくお願いします」

「え、いいの？　ありがとう！　じゃあ、えっと……こちらこそ、よろしくお願いします」

はにかむ杉政さんと頷き合い、ここに私たちの協定が結ばれたのだった。

事務所に戻って席に着くと、後ろから鼻歌が聞こえて振り返った。見れば三田村さんが後方の壁に付箋を貼りつけているところだった。

営業のオフィスというところには漏れなくあの、競争心を煽る赤い棒グラフが張り出されているものだと思っていたけれど——新築マンション販売センターの事務所には、棒グラフの代わりに『鳥カゴ』と呼ばれる大きく引き伸ばした住戸表が張られている。見た目が格子状の鳥カゴに似ているからこの名がついたそうだ。

各営業はこの鳥カゴの、自分のお客さまが検討している住戸のところに、その検討度合を示した付箋を貼る。こうすることで営業はどの住戸にどのくらい検討している人がいるのかを把握し、他に検討している人のいない住戸を自分のお客さまに勧めていく。そうやってお客さま同士の競合を避け、満遍なく全部の部屋が売れるように調整する——新築マンションはチームで売る、とはこういうことのようだ。

三田村さんが貼っていたのは、現段階で一番強い検討ランク——購入要望書を受け取ったことを示す、紫の付箋だった。

購入要望書とは、「この部屋を買いたいので売ってください」というお客さまからの意思表示の書類。通常、マンションは期分け販売といって何回かに分けて売り出されるのだが、どう分けているのかというと、基本的にはこの要望書が入った住戸を販売する。

回覧用の他社チラシをまとめていた時、どれもこれも大きく〈第○期完売！〉と景気のいい文字が躍っていて、このご時世に大したものだと驚嘆していたけれど……何てことはない、確実に売れる部屋だけを小出しに売っていたのだ。完売しない方が珍事なので、たまには〈まさかの完売ならず！〉とか書いて耳目を集めてほしいと思うけれど、そういうわけにもいかないらしい。

それはともかくこの要望書——私はまだ一枚も取れていない。率直に言ってヤバい。

「武州さん、またアポなしの新規来てるけど、どちらか行けますか」

滝さんの声に、私は立ち上がった。

「はい、私出ます！」

接客フロアでお客さまを出迎えた瞬間、私は「やっぱり」と内心でつぶやいた。

お団子ヘアの妻と、抱っこ紐で赤ん坊を抱いている夫。アンケートのお名前は垂木弘治さま、二十七歳。このお名前には見覚えがあった。

「こんにちは、本日はご来場ありがとうございます。以前ショッピングモールでアンケートにお答えくださった、垂木さまでいらっしゃいますよね？」

「えっ、あ、はい……って、あー！　もしかしてあの時の？」

「はい、その節はありがとうございました。改めまして、本日ご案内させていただく岩城と申します」

差し出した名刺をポケットにしまいながら、垂木さまが頭を掻く。

「随分雰囲気が変わってて、気がつきませんでした……あの、すみません。あの時のアンケートには興味ないようなこと書いたのに、結局こうして見に来たりして……」

「とんでもない、お越しいただけて嬉しいです。今日はゆっくりご覧になってくださいね」

心からの笑顔でそう言うと、垂木さまも緊張を緩めた様子で話してくれた。

「ずっとタワーマンションに憧れがあったんですけど、自分たちにはまだ早いと思ってたんです……でも、今は北与野の賃貸マンションに住んでるんですけど、近くで建ててるから、やっぱりどうしても気になって。一度、見るだけ見せてもらおうかなって」

「そうでしたか」私は三田村さんの接客を盗み聞きして覚えた台詞を言ってみる。「住宅購入は早いに越したことはありません。家賃は毎月ただ消えていくだけですが、住宅ローンはご自分の財産への償却であり保険にもなります。お若いうちに組んでしまえば早く完済して老後に備えることもできますし、ご年齢が上がってくると融資が通りづらくなることもあります。超低金利時代と言われる今こそが絶好の買い時ですよ」

「たしかに……そうですよね。うん、思いきって来てみてよかった。な」

うん、と奥さまも頷く。お二人ともモールでお会いした時より声が高く、表情も明るい。ちょっと見てみるだけのつもりが、シアターとジオラマの二段重ねの魔法にかかり、すっかり気分が高揚しているのだろう。

「すごいですよね。キッズルームとかスタディルームとか、共用施設がいっぱいあって」

「ただ便利なだけじゃなくて、どこもお洒落でテーマパークみたい。わくわくしちゃう」

うっとりと語るお二人の興奮は、モデルルームに入ってからも増すばかりだった。

「うわぁ、見てこの子ども部屋、可愛いーー！」

「おい、こっち見てみろよ！　いいなーこういう書斎っぽい部屋欲しかったんだ」

新婚夫婦のようにきゃっきゃとはしゃいでいたお二人は、最後の見せ場、リビング・ダイニングに入ると恍惚として吐息を漏らした。

「素敵……」

重厚感あるダークカラーを基調にコーディネートされた、ラグジュアリーモダンな内装とインテリア。石目も美しいカウンターが、ダウンライトのしっとりした明かりに照り輝く。壁一面ともいえるほどの大きな窓の外には、タワーならではの目眩く眺望イメージが映し出されている――――何もかもが煌びやか。ホテルのスイートルームでもここよりは味気ないはずだ。

「ねぇ……すごいね」

「だな……」

お二人の瞳は、もう未来を見つめていた。今の暮らしとは別世界の、心ときめく非日常を日常として手に入れた自分たちの姿を。

逸（はや）る胸の鼓動が、室内の空気を伝わってくるようだった。

「ではこちらの八〇三号室、五千六百万円のお部屋がご希望ということでよろしいですね」

「はい。間取りも気に入ったし、南向きの３ＬＤＫ、予算的にここです。本当はもっとタワーらしい高層階ならよかったけど、さっき出してもらった月々の支払い予定額でいくと、これがギリギリで」

「部屋からの眺めにこだわらなくっても、ここを買えば最上階のスカイラウンジから最高の景色が見られるもんね。友達とか呼ぶ時はホテルみたいにお洒落なゲストルームに泊まってもらえるし。こういう豪華な共用施設があるのはやっぱりタワマンならではだよね」

うんうんと、お二人は楽しそうに頷き合っている。

「かしこまりました。では、ご記入いただく購入要望書をお持ちいたします」

「はい、お願いします」

やった。ついに……ついに要望書を取った！　しかも初来一発で。

弾む足取りで事務所に戻り、後方のキャビネットから書類を取り出す。と、その横でりこちゃんが鳥カゴに向かって、付箋を持つ手をぷるぷると伸ばしていた。

「ああーん、届かないー」

鳥カゴは三分割して壁の上方に張られている。小柄なりこちゃんから「やりますよ」と紫の付箋を引き取った私は、書かれている部屋番号を見て「あ」と声を漏らした。

「ん？　どしたのー澪ちゃん」

「あ、その……このお部屋、今、私のお客さまも要望書を書くところで……」

一歩遅かった。絶望的な顔をする私に、りこちゃんはニコッと微笑む。

「いーよ」

「え？」

「要望書、書いてもらいなよ。この人には上の階買ってもらうから」

そんな簡単に……しかも真上の九〇三はもう付箋がついている、その上なら十階だ。躊躇う私を余所に、りこちゃんは付箋の部屋番号をささっと書き換えると「じゃーお願いねっ」と事務所を出ていってしまった。

まだお客さまに交渉してもいないのに……本当に大丈夫なのかな？　と思いつつ、受け取った付箋を二つ上の一〇〇三に貼る。ついでに私も、また誰かと被らないうちにと、その場で付箋を書いて八〇三に貼りつけた。その時。

「そこ、私のお客さまが買います」

振り返ると、橘さんが立っていた。

「え？　あの、でも……」

「今要望書を入れるところです。そちらは他の部屋にしてください」

そんな、一方的に――さすがにカチンときて言い返した。

「私のお客さまも、このお部屋に決めてるんですけど……」

「私のお客さまはここしか買いません。この部屋がダメなら他の物件に流れる可能性のある人です。要望書はともかく、申し込み登録は絶対にやめてください」

要望書自体は単なる意思表示であり、希望の部屋を押さえたりする効力はない。実際の購入ステップは今後受け付けが始まる『申し込み』だ。それを絶対にやめろというのは……。

「垂木さま――私のお客さまも、購入の意志は固いです。この部屋を絶対に買うと――」

「岩城さん」

事務所の前方から、滝さんの声が飛んできた。私たちのやりとりを聞いていたようだ。

「そこは橘に譲って。そっちは諦(あきら)めるように説得してください」

「え……」

数秒黙り込んだ私は「…………わかりました」とつぶやいて、貼ったばかりの付箋を剝(は)がした。手の内でくしゃりと丸めた小さな紙片は、羽根より軽く心もとない。

金券目当てや、アポなしくらいしか接客させてもらえない——そもそも不利な条件で、やっと一枚の要望書まで漕(こ)ぎつけたのに……ここまで来てもまた冷や飯食わされるなんて。

悔しさでどうにかなりそうだけれど、とにかく今は、どうするか考えないと。

他の部屋に変えてもらうんだ。他の部屋……上の階——は、ダメだ。その上もさっき譲ってくれたりこちゃんのお客さままで埋まった。八階の価格でギリギリと言っていたのに、さすがに無理だ。下にズレてもらうしか——でもこれ以上低層になると眺望が……

——ああ。

やっと、やっと買うと言ってもらえたのに。私の立場が弱いせいで……。

どんよりと俯(うつむ)きながら事務所を出たところで、冷や飯イーターの大先輩、日下部(くさかべ)さんと行き合った。私は思わず泣きついてしまう。

「日下部さん、私、どうしたらいいですか？　私が武州の営業だから、担当が私だったせいで、希望の部屋を買えないなんて……お客さまにも何て言ったらいいか……」

日下部さんは慌てることもなく、私の手から来場アンケートのバインダーを取り上げた。中を開いて、ふむ、と唸(うな)る。

「大丈夫ですよ」

何か妙案が――？　期待に顔を上げると、優しい笑みが降ってきた。

「どのみちこの人には買えません」

は。

呆然とする私に、日下部さんはのほほんと続ける。

「この方、自営業ですね」

「そうですけど、でも、年収の欄見てください、九百万円ですよ。これだけあれば」

「この九百万は、売上でしょうか所得でしょうか。所得だとして、年に九百万の実入りがありながら、自己資金が百五十万しかない。家賃八万の１ＤＫ、車ナシと堅実な暮らしぶりにもかかわらずそれというのは、昨年たまたま業績がよかっただけで、それまでは貯金をする余裕もなかったんじゃあないでしょうかねえ。今までのマイナスを取り返してやっと残ったのが百五十万なのか、あるいは、まだどこかに借金が残っているかもしれません」

「あ……で、でもっ、資金計算も出して、この額なら払えるって……」

「実際払えるとしても、銀行が払えそうと思ってくれなければローンは組めません。この年齢で自営なら独立して間もないかもしれませんし、審査は厳しいでしょうねえ……アポなしのアンケートを見て誰を接客につけるか決めるのは滝さんです。滝さんもこの人には買えないと思っていたから、せめて橘さんの邪魔をしないように言ったのでしょう」

そんな………。

絶望に打ちのめされる。必死に接客したこの三時間は何だったの……。

「おや、もうこんな時間ですね。わたしはそろそろ失礼します。今日の夕飯は天ぷらなんです。岩城さんも、早くお帰りになれるといいですね」

日下部さんは最後まで呑気な様子で行ってしまった。

とぼとぼと二階に上がり、垂木さまの待つブースの前まで来た私は、お二人の楽しそうな話し声に思わず足を止めた。

「見てこれ、ちょっと手震えてきた。マジで、買っちゃうんだなー……何か信じらんねぇ、新築のタワマンが、この部屋が、俺たちの家になるんだよな」

「ね、なんか不思議な気分だよね……ねえ、本当にいいの？」

「ああ。お前だってここに住みたいだろ？」

「そりゃ、もちろん……こんなところに住めたら、夢みたいだよ」

「俺もここを買いたい。ここに住んだら、今まで以上に仕事も頑張れる気がするんだ」

「弘治……ありがとう。あたしたちまだ若いんだし、お金のことは二人で頑張れば何とかなるよね。美乃梨がもうちょっと大きくなったら、あたしもパートか何かするし」

「このマンションが美乃梨の実家になんのかー、タワマン育ちのお姫さまだな」

「ほんとだね。あーもうすごい楽しみなんだけど！　ベランダでハーブとか育てて、お料理に使ったりしちゃうんだ。八階なら今の二階と違ってそんなに虫も来ないよね」

「あれ、タワマンてベランダにそういうの置いちゃダメなんじゃなかったっけ？」

「ここは高層階じゃなければ小さいプランターくらいなら大丈夫って、さっき聞いたでしょー。ダメなのは洗濯物だよ。風で飛ばされやすいのと、美観の問題だって」

「あ、そうだった。風呂場で洗濯物乾かせるとかすごいよな」

　きゃっきゃとはしゃぎながら、父親は抱っこ紐から垂れるもみじの手を優しく揺らし、母親は嬉しそうにまん丸の顔を覗き込む。喜びと期待に満ちた家族の表情。あの目はきっと、私が新聞社で働けると思っていた時と同じ——行く手には真っ直ぐな道が伸びていて、このまま求める場所へ歩いてゆけると信じきっている目だ。

「お待たせいたしました」

　一つ空咳をしてからブースに入った私は、お二人の対面に座った。

「垂木さま。大変申し訳ありませんが、ご希望のお部屋は、既に他のお客さまから要望書が入っておりまして……」

「えっ？　さっきはここなら空いてるって」

「すみません、タッチの差で……」

「でも、別に早い者勝ちじゃないんでしょ？　うちも要望書出すことはできますよね？」

「それは、はい……要望書はそうですが、申し込みの時点で同じ住戸に複数の希望者がいらっしゃる場合は抽選になります。抽選になって外れてしまうと、それから他の部屋を買おうと思っても、もう購入できるお部屋が残っていないということも……」

「外れた場合は、ですよね？　僕ら、もうこの部屋を買うつもりなんです。三百戸もあるんだし、万が一外れても他に全然部屋がないってこともないでしょう。さっき期分け分譲するって言ってましたよね？　第一期がダメでも、まだ売り出してない部屋があるじゃないですか」

「それは……」

「先着順でもないのに、他の人が先に入ったからやめろって言われるのは納得できません。抽選なら抽選に参加する権利はあるはずです」

……結局、私は垂木さまを説得できなかった。

押し切られるように要望書を受け取って、垂木さまを見送った後――事務所でその報告を聞いた滝さんは、冷たく一瞥して言った。

「どうしてもって言うなら、一応ローンの事前審査受けさせて」

「は、はい。じゃあ、それで通ったら――」

「いくらまで借りられるか把握して、他の部屋に振ってください。マンション営業は客に欲しがらせるだけじゃない、欲しい部屋を諦めさせるのも仕事ですよ」

ここはあくまで橘さんのお客さまを優先するということだ。

私はうなだれるように頷くことしかできなかった。


「あたしだったら、普通に『あなたの稼ぎじゃここ買うのキツいですよ』って言っちゃうけど」

身も蓋もないことをさらりと言ってしまえる、この人に相談したのが間違いだった。

「いや、そりゃ、能海さんのキャラならそれでもいいんでしょうけど……」

「まあ、たしかに同じことを澪が言ったら火の手が上がりそうなのは何となくわかるわ」

やっぱり営業には、得なキャラと損なキャラがある。私は横目で僻みっぽく能海さんを見ながら、キャラメルポップコーンを口に放り込んだ。

「まだ席にも着いてないのに食べんじゃないよ。とりあえずまた来てもらう約束はしたんでしょ？　そこでちゃんと買える人なのか、買えるとしたらいくらまでなのか諸々（もろもろ）確認してから考えるしかないんじゃないの」

「まあ、そうですね……」

　そもそも映画館のロビーでするような話でもない。相談は切り上げて、塩味のポップコーンをつまんだ。甘いのを食べたらしょっぱいの。

「だからまだ食べるなって」

　仕事帰りに能海さんと二人でレイトショーを観るのが、火曜の夜の恒例になりつつある。映画を観た後、そのまま能海さんの家に泊まってしまうのもお決まりの流れだ。周辺のお店で一緒に夕飯を食べて帰ることもあるけど、私に服をくれたあの日以来、お酒は飲んでいない。実は全然飲めないくせにあんな風に振る舞っていたのだから、能海さんという人はまったく不器用で、優しい女性（ひと）だ。

　上映時間が迫り、そろそろ中に入ろうかという時、私のスマホが鳴った。

「そうだ、電源切っとかなきゃ……——あ」

　画面を見た私は慌てて通話をタップする。

「はい、もしもし岩城です」

『………もっ、もしもし………あ、あの、す、杉政裕太と申しますが岩城澪さんの携帯電話でよろしいでしょうかっ……！』

忘れてた――――杉政さんと電話する約束をしたんだった。

「はい、岩城ですけど、すみません！　今、能海さんと映画館にいて……」

『あ………そ、そうですか……。わ、わかりました、じゃあ、あ、明日、また……』

「はい。あの、杉政さん、本当にすみません」

お詫びを伝え、また明日と約束して通話を終えた。

ふと横からただならぬ気配を感じて振り向くと、能海さんが驚愕の表情を浮かべていた。

「今、杉政って言った……？　あいつが、電話かけてきたの？　携帯に？　こんな時間に？　何、あんたたち付き合ってんの？　仲良さそうだとは思ってたけど……」

「違いますよ。私はマンションの勉強、杉政さんは電話の練習で……お互い仕事のために助け合うことにしただけです」

慌てて説明するも、能海さんは疑いの目を向けてくる。

「仮に澪はそう思ってたとしても、あいつにとっちゃプライベートで電話するってのは、普通の男女なら一夜を共にした後の距離感じゃないの」

「な、何言ってるんですか！　もう……ほんとにそんなんじゃないですってば」

「え、てか澪的に杉政はナシなわけ？　まあ電話がポンコツって難はあるけど、他でカバーできるだけの能力はあるし、真面目で見た目爽やか、結構いい物件だと思うけど」

「な、ナシとかアリとか……そんなこと、考えたことも……」

ないわけじゃない。

杉政さんはいい人だ。和合の人なのにちっとも気取らず、私なんかにも対等に接してくれて、人として好感を持たない方が難しい。くしゃっと皺の寄る笑顔は尊いし、立ってる時の姿勢が良くて、スーツの肩のあたりが何かこう、ピシッとしてかっこいい。育ちが良さそうに見えて、お昼に出前のカツ丼を意外と男っぽく搔き込んでたりするのもツボだけど…………でも、あの人と何かそういう、進展めいたことを期待するような……そんな資格は私にはない。

「そう？　まあでもたしかに、あいつと付き合ったらデートがマンション浴になっちゃうかもしんないもんね」

「それは別にいいんですけど……ていうか、そんなこと考える自体がおこがましいっていうか。そもそも大企業のエリートと、私が釣り合うわけないんですから」

「は？　何で澪だと釣り合わないのよ」

「だって私はただの派遣――」

はっとして口を押さえたけど、もう遅かった。

さーっと血の気が引いていく。能海さんともせっかく仲良くなれたのに、こんな風にバレてしまうなんて——私の馬鹿！　もうだめだ、せめて嘘をついていたことを正直に謝ろう。そう思った時。

「だから、それが何？　派遣は正社員と付き合っちゃいけないの？　あー最近何でもかんでもコンプラコンプラうるさいから、そういうのも禁止になったの？　もしかして」

え……っと……？　あまりにも普通な能海さんの態度に当惑する。

「あの、怒ったり、驚いたりしないんですか……？　私、本当は派遣ですよ。非正規のくせに、皆さんと同じ正社員みたいな顔して一緒に働いてたんですよ？」

「いや最初からそんなもんだろうと思ってたし。JV(ジョイントベンチャー)の二番手三番手なんて、本物の正社員だけで固めてくる方が珍しいんじゃないの。菱紅(ひしべに)だってそうでしょ」

「えっ、そうなんですか？」

「そうよ。あの存在感のない二人、片方は非正規かどっかから借りてきてるかは知らないけど、少なくとも菱紅地所の正社員ではないはず。まああの二人は武州と違って、ちゃんと淡々粛々(しゅくしゅく)成果上げてるけどね」

日下部さんとまとめてディスられた気がするけど、この際それはどうでもいい。

「あと非正規っていうなら、あたしだってそうよ。あたしは契約社員、それにりこさんは、仲介とか販売代理とかやってる不動産流通会社から借りてきてる傭兵だから。和合の女で本物の正社員は、橘あの子一人だけ」

「そんなに、色んなスジの人が集まってるなんて知りませんでした……じ、じゃあ、杉政さんも、私が本当は派遣で、三歳サバ読んでたことも全部わかってたってことですか⁉」

「いやサバ読んでたのはあたしも今初めて知ったんだけど……まあ杉政はJV初めてだから、そういうのわかってないかもしんないね。あいつ物件に関してはキモいくらい調べ尽くすけど、他社の営業の素性にまでは興味ないだろうから」

そうですか……と俯く。

やっぱり、杉政さんは知らないんだ。本当のことが明るみに出たら、私たちの間柄もきっと微妙に変質してしまうのだろう。

「てかさ、何でそんなことにウジウジこだわってんの？　労働者の三人に一人以上が非正規の時代だよ。そりゃ待遇の違いとか色々あるけどさ、釣り合わないって何？　非正規は正社員と恋愛もできないとか、そこまで卑下されるのは同じ非正規としてウザい」

「あ……」

能海さんはいつも、率直な言葉で私の胸を刺し、そこに凝り固まった不純物を豪快に突き崩してくれる。

私が黙り込んだので落ち込んでいると思ったのか、能海さんは「ほれ、食べな」とポップコーンを押しつけてきた。

「……私、前の派遣先で、そこの正社員と付き合ってたんです」

ぽつり、口からこぼれた。黙っていても、能海さんが静かに耳を傾けてくれているのがわかる。

「でもその人、私の前にいた派遣とも付き合ってました」

それを知った時、何ともいえないモヤモヤが胸を覆った。そのモヤモヤが何日経っても晴れなくて、少しずつ彼と距離を置くようになり、ふた月後には別れを告げていた。

「この間たまたま知ったんですけど、その彼、今もまた新しい派遣と付き合ってるんですよ？　まあそれはもういいんですけど……でも、それでモヤモヤの正体がはっきりしました。ああ、やっぱりこの人は派遣が来るたび手をつけてるんだ、私じゃなくて派遣と付き合ってただけなんだなって。けど……」

だけど、私だっておんなじだ。

派遣切りに遭い、路頭に迷いかけた時――私は、別れなければよかったと後悔した。彼が派遣と付き合っていたのと同じように、私も正社員と付き合っていただけなのだ。

　不安定な派遣という立場が心もとなくて、自分で根を張ることのできない職場でのよりどころが欲しくて、正社員の恋人に庇護されていたかった。そうでなければ、将来の不安から救ってくれる、結婚という社会的な毛布に包まれるのを期待していた。

　妥協と打算。どっちもどっちの、救いようもない空虚な関係だったことを強烈に自覚してしまったのだ。

「ふうん」

　能海さんが脚を組み替えながら、手首を返して時計を見た。タイトスカートのスリットが大きく開いて、ブロンズ色の艶めかしい太ももが露わになる。

「まあ、その男とは縁がなかったんだろうけど。そんなにややこしく考えなくてもいいんじゃない？　恋愛なんてタイミングだとか言うでしょ。案外もっと、単純な話かもよ」

　ていうか、と能海さんは続けた。

「上映時間、過ぎてるんだけど」

「――嘘！　予告編見るのが一番好きなのに！」

　私たちは劇場への通路を小走りに、かつ山盛りのポップコーンをこぼさないよう慎重に駆けていった。

二　夢を叶える部屋

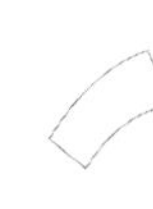

垂木弘治さまのご職業はフリーのプログラマーだった。

一昨年独立し、初年度の収入は二百万円弱。昨年は取引先も増え、受注案件の合間に自作したスマートフォン向けアプリがヒットしたこともあり、八百数十万円の収入になったという。ただし生活費の一部も含め出費の多くを経費として計上していたため、ローン審査の基準になる所得はもっと低い額になるとわかった。

たしかに、買えない。少なくとも銀行の融資は下りないだろう。

「こういったお仕事ですと、深夜までお一人で作業なさったりするんですか」

「あーちょっと前まではそういうこともあったんですけど、脳科学とか何とかで朝の方が作業効率上がるって聞いて、今はできるだけ朝早く起きてやるようにしてます。子どもも生まれたことだし、この機会にちゃんと朝型に切り替えようと思って頑張ってるところで……なかなか起きれなくてツラいんですけど」

「そうですか。主な作業場所はご自宅ですか」

「そう思われがちなんですけど、意外とクライアントのオフィスに出向いて仕事してることの方が多いんですよ。ただ最近は在宅の案件も増えてきたんで、自宅で数時間やったら気分転換に外に行ったり、簡単なコーディングなんかはカフェとかでやっちゃったりしますね。けど、この際新居にはちゃんとした仕事部屋を作るつもりです」

「そうですか……わかりました」

　メモを取りながら仔細を確認していた私は、テーブルにペンを置き居住まいを正した。

「まずは、お詫びさせてください。先日私がお出しした住宅ローンのシミュレーションですが、あれは審査基準の厳しい銀行ローンのものでした。フリーランスの垂木さまの場合、住宅金融支援機構が提携するローンであるフラット35でなければお借り入れは難しいかと思われます。こちらがフラット35で引き直したものですので、ご覧いただけますか」

　差し出した計算書を覗き込んだお二人は、顔からこぼれ落ちそうなほど目を剝いた。

「高ッ!?　月の返済額が二万……三万も違う！」

「全期間固定金利のため、先日お見せした変動金利より利率が高くなっております。市場金利が上昇しても影響を受けず、三十五年間ずっと一定の額で返済していけますので安心なローンではありますが、逆に言えば、これ以上安くなることもありません」

お二人が顔を見合わせる。突きつけられた現実に、浮かんだ当惑の色は、ほどなくして怒りへと変わった。

「話が違うじゃないですか……だったら最初からこっちを見せてくれればよかったのに」

椅子が音を立てる。私はその場で立ち上がり、深く頭を下げていた。

「おっしゃる通りです。私が至らなかったため、初めてご来場いただいた際、垂木さまに適切なご案内ができませんでした。まことに申し訳ございません！」

「え、いや、その……そこまでかしこまらなくても……」

「――ですので私はあれから、本当に垂木さまの夢を叶えられるお部屋はどこなのか、精いっぱい考えさせていただきました」

他の部屋に振るよう、滝さんから言われたのもあるけれど――能海さんや杉政さんから色々教えてもらったり、自分なりにも勉強してきた今、私も本心からそうすべきだと思う。

「垂木さま。本当に、このお部屋でなくてはいけませんか」

価格表の八〇三号室に指を置いて問う。

「え？　そりゃそうですよ、南向きの３ＬＤＫ、価格的にもここ以外ありえません」

けどこの返済額じゃ……と、垂木さまは肩を落としてつぶやいた。

「どうして３ＬＤＫなのでしょうか？　お子さんはお一人です、リビング・ダイニングの他に、ご夫婦の寝室と子ども部屋で二部屋あれば充分ではありませんか」

「いや、だから仕事用にもう一部屋を――」

「仕事部屋、本当に必要ですか？」

眉を顰める垂木さまに、私は続けて言った。

「ご存じの通り、ハピネスフィアタワーには共用施設としてスタディルームがございます。冷暖房はもちろん電源やＷｉ‐Ｆｉも完備された個室に近い感覚のブースです、カフェで作業ができる方なら充分集中できる環境かと。それにお子さんが小さいうちは子ども部屋を使えます。一人部屋が必要な年頃には学校に通っていますよね。奥さまも働きに出られるおつもりのようですし、日中誰もいないリビングでお仕事ができるのではありませんか」

「たしかに。仕事部屋、あってもむしろもったいないかも……？」とは奥さまだ。

「け、けどっ、もし何かあって、休校になったりしたら……そういうので、今は広い家が人気なんでしょう？」

「たしかに、ご夫婦共にそれぞれテレワークをするようなご家庭なら２Ｌでは厳しいでしょう。ですが垂木さまの場合、在宅でお仕事されるのはご主人お一人だけですよね？」

たじろいだ様子のご主人の隣で、奥さまがこくこくと頷いている。

「でしたら余裕こそないかもしれませんが、リビング・ダイニングも一部屋と考えれば、万一の時もご家族の協力次第で乗り切れるのではないでしょうか。今お住まいの1DKと比べれば、2LDKでも相当なゆとりがあるはずです」

そりゃ広いに越したことはない、お金さえあるならば3L、4Lが理想だろう。だけど理想というのは、高くなるほど実現から遠ざかる。

「……でも……もし子どもが増えたら」

「もし、ですよね。確実なことは、今、垂木さまは三人家族だということです。ですが、もし本当にもう一人お子さんがお生まれになるとしたら——なおさら住宅費用は抑えておきたいのではありませんか？」

お二人はしばらく沈黙していたが——夫の内心を酌むように、妻が口を開いた。

「あたしたち、もしもばっかで無理しようとしてたかもね。買い物は今の身の丈に合わせないと……うん、あたしも万が一の時は協力するし、普段から弘治の仕事の邪魔しないように気をつけるから、安心して。家族みんなで助け合って暮らそう」

「理美……。ごめんな、別にお前たちを邪魔に思ってるわけじゃなくて、ただちょっと、自分の書斎ってのに憧れてたから……家族がいてくれるからこそ、俺は頑張れるんだ」

「わかってるよ弘治。いつもありがとう、感謝してる」

「俺だって」

熱く視線を結ぶ若夫婦。本当に子どもが増えそうでちょっぴり心配になってきた。

「垂木さま」とはいえ話を続ける。私は価格表の八〇三に置いた指を、横に滑らせた。

「垂木さまには、こちらの八〇七号室。東向き2ＬＤＫ、四千百万円のお部屋をお勧めします」

お二人はぱちくりと目を瞬く。

「え……っ？　ちょ、ちょっと待ってください、2Ｌでも……って気にはなりましたけど、南向きは絶対に譲れないですよ！」

「たしかに南向きのお部屋は日当たりが良く、一般的に好まれます。ですが、朝型のライフスタイルには東向きがうってつけです。八〇七はリビングだけでなくすべての居室が東側に開口部のあるワイドスパン住戸で、寝室に差し込む朝日と共に目覚め、明るいリビングで午前中を活動的に過ごすことができます。気温が上がる午後からは直射日光が当たらないので、タワマンのネックである夏の暑さをしのぎやすいというメリットもあります。午後から日が当たらなくなるのでベランダの洗濯物が乾きづらいというデメリットもありますが、ハピネスフィアタワーでは安全と美観を守るため、そもそもバルコニーでの物干しは禁止されているので影響はありません」

私はすかさずタブレットを差し出す。

「立地的にも駅と反対の東側は眺望が抜けていますので、同じ階でもこのお部屋なら開放感が違ってきます。こちらが八〇三、こちらが八〇七からの眺望イメージです」

「あ――たしかに、こっちは八階でも断然見晴らしがいい！」

お二人の目の色が変わる。けれど最後の決め手は、やはり価格だった。資金計算書を見比べた垂木さまは、ご夫婦共に意見を一致させ、こう言ったのだ。

「――――決めました。こっちの、東向き2LDKの部屋にします」

目を合わせ、頷き合うお二人に、私は心からの安堵の笑みを浮かべた。

「では、こちらのお部屋でローンの事前審査に進ませていただきます。ちなみにですが……頭金に、ご両親の援助などは受けられませんか？　諸費用のことも考えますと、できればあと四百万円ほど……自己資金が一割以上あれば審査で有利に働くのもありますが、何より金利が安くなりますので」

「そうですか……わかりました、実家に相談してみます」

「うちも頼んでみる。お姉ちゃんが家建てた時も少し出してもらってたから、あたしにだけダメとは言えないはず」

よかった、何とかなりそうだ。

「それからご確認ですが、他にお借り入れなどはないということでよろしいですね」

「はい。ちょっと苦しかった時期にキャッシングしたことは何回かありますけど、今は全部返し終わってるし、延滞したことなんかもありません」

「かしこまりました。でしたらご心配ないかと」

ほっとした時「ふぇっ」と奇妙な声がしたかと思うと、すぐさま強烈な泣き声がフロア中に響き渡った。さっきまで抱っこ紐の中で大人しく寝ていた赤ちゃんが、文字通り真っ赤になって手足をばたつかせている。

「あー起きちゃった、そろそろおっぱいの時間だもんね」

「一階に授乳室がございますので、ご案内します」

案内したその足で、私は事務所に戻って鳥カゴに付箋を貼った。事前審査の書類を用意して二階に戻ろうとすると、ちょうど授乳室から美乃梨ちゃんを抱いた奥さまが出てくるところで、私たちは連れ立って階段を上っていた。

「先日漏れ聞こえたのですが、新居のバルコニーでハーブを育てるご予定なんですよね」

「あれ、聞かれちゃってたんですか？　恥ずかしいなぁ……それが何か？」

「実は、そのことがあったので……今日ご主人のお話を伺う前から、垂木さまには東向きのお部屋をお勧めしたいなと思っていたんです」

奥さまが不思議そうに首を傾げる。

「何で？　それこそ日当たりのいい南向きの方がいいんじゃないの？　いや、もう東向きって決めたし、そのために高い方の部屋買おうなんて我が儘言わないけど……」

「植物にとって日当たりが良すぎるのもかえって過酷な環境なんです。特に食用のハーブは日に当たりすぎると葉や茎が固くなってしまうものが多くて、そういう種類は半日蔭くらいで柔らかく育てた方が食べやすくなるんですよ。ハーブ以外でも、植物にとっては光合成の効率がいい午前中に日に当ててあげるのがいいんです」

「えっ、じゃあ東向きでかえってよかったのかも」

「はい。だからご主人が朝型を目指しているとおっしゃって、ほっとしたんです。朝はゆっくり寝ていたいという人だったら、西向きの方がいいですから」

植木鉢のハーブが美味しく育つかどうか。家という大きな買い物の前では、あまりにちっぽけなことかもしれないけれど――これは、奥さまの夢だ。小さくても胸にきらきらと輝く夢を、あの日奥さまは本当に嬉しそうに語っていらした。

「ちなみに何階でも虫はつきますよ」

「そうなの？　うーん、まあそれはしょうがないか。引っ越したら絶対やりますよ。借り物の家じゃなくて、自分のバルコニーで何かを育てるっていうのに意義があるから」

そういうものなのか。切実な食費節約術としてベランダ栽培をしている私とは、根本が違うらしい。

二十五歳、独身、派遣。今の私には、家を持つなんて想像もつかない世界の話だけど——そんな私が家を売っている。このちぐはぐな状況に、今は不思議と抵抗がない。

「こんな細かいこだわりまで、ちゃんと考えてくれたんだね。ありがとう」

お母さんが笑っていたからか、満腹でご機嫌だったからか。美乃梨ちゃんも幸せそうにまん丸の笑顔を見せてくれた。

垂木さまをお見送りして、何だかとってもぽかぽかした気分だったのに。

「ああよかった、岩城さんの接客が終わるのを待ちかねていたんですよ」

エントランスまで私を呼びに来た日下部(くさかべ)さんは、こう続けた。

「梁瀬(やなせ)さんがまたいらしてますので、対応お願いします。今はお一人でモデルルームをご覧いただいてますので」

梁瀬さん——ってあの、初日に来てさんざん文句言って帰った人だ。

何でまた来たの……。

げんなりと三階へ向かいながら、ファイルを開き梁瀬さまの来場アンケートを確認する。

三十九歳、独身、現在の住まいは大宮駅から十九分、家賃六万円の１ＤＫ。職業は自営業、年収・自己資金の欄は無回答。買えない人の可能性が高いけど、それ以前に買う気があるのかすら疑わしい人だ。はなから貶したくて来ている節がある。

日下部さんも私が終わるのを待たないで、そのままお相手して帰らせてくれても全然、全然よかったんだけどな。セクハラオヤジの時は黙って代わってくれたのに……いや、あれは私が一方的に押しつけたんだっけか。

「梁瀬さま、お待たせいたしました。本日はどういったご用件で……」

キッチンにいた梁瀬さまは、私の顔を見ると「ん？　んん？」と目を眇めた。

「前と同じ姉ちゃんか？　この間はあんなにイモくさかったのに、随分見違えちまったな」

「……恐縮です」

頰が引き攣りそうになったけど、気合いで余裕ぶった笑みを返す。その反応がつまらなかったのか、梁瀬さまは無言でキッチンカウンターを撫でたりコンコン叩いたりしていた。

「この天板、大理石か？　いくら見栄えが良くてもキッチンに大理石は……」

「そちらは天然の水晶を九〇％以上使用したクォーツエンジニアドストーンです。大理石はおろか御影石をも凌ぐ硬度と耐水性があり、この通り見た目も天然石と見紛う美しさを兼ね備えた素材でございます。ちなみにオプションです」

「……ほー……。ところで、アレだ、駐車場はどうなってんだ？　月額いくらになった」

「はい。使用料は周辺の相場と比較してもお安くなる予定でして……」

「おい馬鹿か。駐車場代はな、高い方がいいんだよ、マンション全体の収入になるんだ、管理費とか修繕費にも関わってくんだからな」

「ですが、アンケートのご回答によると梁瀬さまもお車をお持ちですよね？」

「あ？　ああ……あるにはあるけどよ、デカいから普通の駐車場には入んねぇんだ。専用のとこに置いてっから、マンションの駐車場なんて俺は借りねぇよ」

普通の駐車場に置けないくらい大きい車って何だろう。キャンピングカーとか？

「そんなことより、あーアレだ、あれはどうなんだ、エレベーターは……」

前回のように使えないだの素人以下だのと私を罵ってくることこそなかったけれど、やはり思いつく限りという感じでありとあらゆるものにケチをつけて、約二時間後に梁瀬さまはお帰りになった。

本当に、何しに来たんだよ……初回来場じゃないからクオカードももらえないのに。ぐったりして戻った事務所に残っていたのは、日下部さん一人だった。

「ああ岩城さん、お疲れさまでした。いや、あのお客さまには参ったものですね」

「本当ですよ……あんなにタワマンが嫌いなのに、貴重な休日潰してわざわざマンションギャラリーに来るなんて時間がもったいないとは思わないんですかね。それとも単に悪口中毒でストレス発散しに来てるのかな」

日下部さんは両手の人差し指でポチポチとキーボードを打ちながら応じる。

「というよりも、あれではないでしょうか。好きな女の子をいじめたくなってしまうような……男子たるもの、少なからず覚えのある感情ですなあ」

何かはにかんでるけど、好きな子をいじめちゃってた若かりし頃の日下部さん、想像したくないな。ていうか勝手に好かれていじめられるとか、理不尽極まりない話だわ。

「いわゆるツンデレってやつですか」

「最近の言葉はよくわかりませんが、どちらかというとあれですね、アンチは一番のファンというようなものじゃないでしょうか……気になって仕方がないんでしょうねえ。好きと嫌いは表裏一体と申しますから」

ふーん……って、あれっ。そういえば、それってつまり。

「じゃあ梁瀬さん、私のことを……？　え、どうしよう、申し訳ないけど、正直私のタイプじゃないっていうか……困ります……」

「あちらも岩城さんはタイプではないと思いますよ。壇蜜（だんみつ）さんの大ファンだとおっしゃってましたから」

PCのモニターに目を細めたまま、軽くあしらわれた。日下部さんが好きな子をいじめる心理とか言うから……！

「……ところで、さっきから珍しく熱心に何を見てるんですか」

「これですか？　いや、この歳でお恥ずかしい話ですが、実はわたし、身近な人の匿名SNSやブログを探し当てるのを趣味にしておりまして」

「めちゃめちゃ悪趣味ですね」

　歳とか関係なく恥じてほしいし、悔い改めてほしい。

「フェイスブックでは知ることのできない、匿名ならではの人の本音や闇に触れて一切衆生に思い巡らす思索的な趣味だと思うのですが……なかなか周囲の理解は得られないのが辛いところです。と言いつつも、こうしているわたしもそれだけその対象に関心があるということですから、アンチかファンか……ある意味沼落ちしているようなものですね」

　ツンデレより最近のオタク用語を使いこなす日下部さんは、カチッとマウスを鳴らすと、花が咲くように顔を綻ばせた。

「やっと見つけました、梁瀬さんのブログ。最後に壇蜜をキーワードに追加したのが効きましたね」

　——なんちゅう沼に踏み込んでんの！

「く、日下部さんもあの人に、ボンクラジジイとか何とか、色々言われたんですね？　気持ちはわかります、ごめんなさい、全部私のせいです、短時間でも代わってくださってありがとうございました！　ですからどうか、こんな無体なことはやめましょう、ね？　後生ですから……他人様のプライバシーですよ……！」

　説得むなしく、闇落ちした日下部さんは次々とブログのページを繰っていく。

「ボンクラジジイとは随分ですねえ……岩城さんはご覧にならないんですか？　ほら、迂闊にもガラスに顔が映り込んだ写真をアップしています、梁瀬さんに間違いないですよ」

「み、見ませんよ！　こんなことして気が咎めないんですか」

「ほう、なるほど……梁瀬さんはレストランオーナーだったんですねえ……ほほう……」

「やめてくださいって、こういうの、コンプライアンス的にもどうかと思いますよ」

　しかしどうしたことでしょう。私も人の子、本能とも呼ぶべき好奇心が、思わず知らず眼球を動かしてしまうのです。

　……あ、あー、ほんとだ、レストランのオーナーシェフだって……ふーん、結構成功してる人だったのね……パリの星付きで修業してたとか……すごいじゃん……。

「そうですね……たしかに岩城さんのおっしゃる通り、褒められた行為ではありませんね。もう閉じましょうか」

「あ」画面右上の×に、カーソルが近づく。「いやっ、まあ、ちょっとくらいなら……？」

「おや、そうですか？」マウスの上で人差し指が止まる。それからスルスルッとカーソルが動いて、また別のページが開いた。

ふーん、なるほど……十代で単身渡仏、帰国後二十五歳の若さで都内にフレンチレストランを開店した、と。いやすごい行動力。今の私と同じ歳で……尊敬してしまう。

しかも料理が評判を呼び、予約の取れない店としてメディアでも取り上げられる人気店だったとな。テレビにも出演……って思った以上にすごいな。実は結構有名な人だったの？　全然知らなかったし、それにしては暮らしぶりが質素なような……んん、ふむふむ、それで……えっ、そんなことが……。

結局、数年間に渡るブログ記事を最新まで読み終えてから、思ったことは。

——見なきゃよかった。

後ろめたさと後味の悪さに、私は己（おのれ）の行いを恥じ、悔い改めることを誓った。

「そうなんですよ。だから杉政さんも、もしSNSとかブログとかやってたら鍵かけておいた方がいいかもしれないですよ」

『……僕は、建物や、街についてのブログ書いてるけど……むしろ読んで感想とかもらえたら、う、嬉しいな……日下部さんに教えたら、読んでくれるのかな……？』

「いや、たぶんそういう、オープンなのを読むのは別に好きじゃないんだと思います」

そうなんだ……と残念そうにつぶやく小さな声を、スマホがギリギリ拾って届けてくる。

夕方から接客することが増えて、お互い帰りが遅くなる日も多く、毎晩の電話は自然と就寝前の時間になっていった。私はベッドの上で本を読みながら杉政さんがかけてくるのを待ち、五分間の会話が終わると、そのまま寝てしまうのが習慣になりつつある。

『……岩城さんは、そういうの、やってないんですか……？』

「あー、読んだ本の感想とか書いてるブログはありましたけど……」

シアタールームで流しているムービーにも負けないくらいポエミーに仕上がっているから、知り合いには絶っ対に見られたくない。もちろん日下部さんのタチの悪い趣味を知ってすぐに限定公開に設定した。

『へえ……よかったら教えてください、読んで感想送るから……』

「いえ、昔のことで、今はもう削除したので！　探してもないですからね！　あっ、ええとそういえば前に杉政さんが話してたエッフェル塔の本読みましたよ、ロラン・バルトの」

『――本当に？　どうだった？』

「あ、はい、写真収録版の方を読んだんですけど、建設中の写真とかがあって……」

『そう！　写真集としても素晴らしいんだよね、一九世紀当時の大規模な基礎工事の様子が見られる貴重な資料でもあって……』

杉政さんが電話越しとは思えない饒舌ぶりで語りだした時、アプリのタイマーが鳴った。

「あ、五分経ちましたね」

『あ……』

今日はつい雑談に逸れているうちに終わってしまった……今日だけじゃないか。いつの間にか勉強というより、他愛もないお喋りに興じる時間が増えてきている気がする。

切る間際、杉政さんが危うく聞き逃しそうなほど小さな声で『あの』と言った。

「はい？」

『あ、あの……明日から、じ、十分にしませんか？　電話の時間……』

「ああ、はい、私は大丈夫ですよ。そうですね、通話時間もちょっとずつ伸ばしていかないと、恐怖症克服の訓練にならないですよね」

『え、あ、いや……ていうより……電話だけどっ、その…………話すの、楽しくなってきたから……もうちょっと、話したいなって……』

私は思わず笑ってしまう。

「杉政さんて、本当に建物の話が好きなんですね」

スイッチが入ってる時の建物トークには、正直ほとんどついていけてないけど……そういう時の杉政さんは子どもみたいに無邪気に思えて、ちょっと微笑ましくもある。

『――違うよ。そういうわけじゃ、なくて………』

急に男っぽい声を出したかと思ったら、それきり杉政さんは黙り込んでしまった。

初めて訪れた沈黙。電話でも、お互いこんなに無言になることなんてなかったのに。

「……じゃあ、今日はもう……おやすみなさい」

この沈黙の意味を考えはじめている自分に気づいて、咄嗟に終わらせようとした。

こういう方面において、私は心の逃げ足が速い。だけどやっぱり走れば息が上がるし、胸も苦しくなる。

『おやすみなさい……また、明日』

掠れた声が耳を撫でて、胸がきゅっと切なくなった。

私は真っ暗になったスマホを握ったまま、ベッドに寝ころんだ。

心の奥の小さな部屋に、まだ掻き乱されたくないような、この先の変化を期待しているような、矛盾した感情が同居している。

眠れない。

頭まで被った毛布の中で、自分の鼓動がうるさく響いていた。

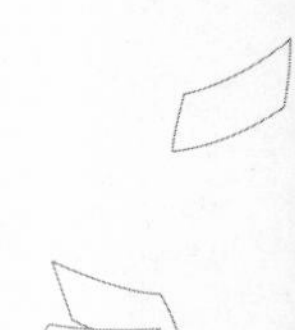

12　節目の日

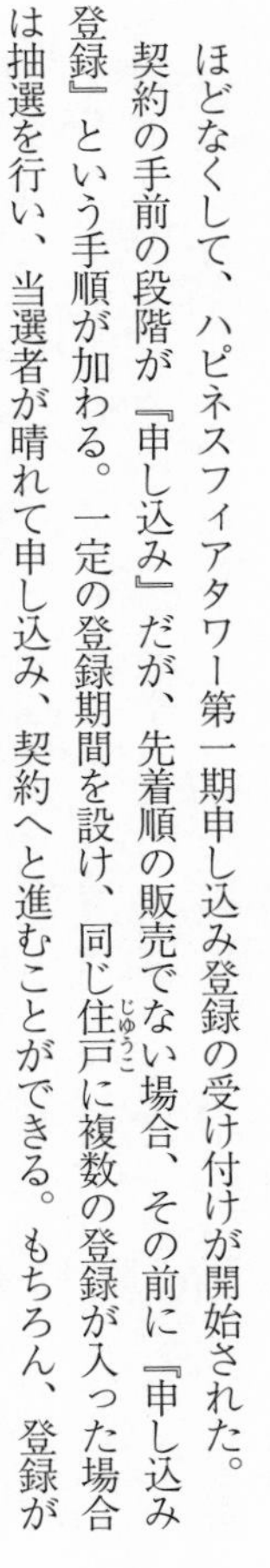
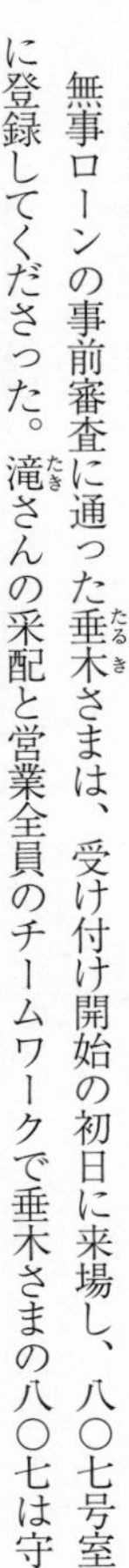

ほどなくして、ハピネスフィアタワー第一期申し込み登録の受け付けが開始された。

契約の手前の段階が『申し込み』だが、先着順の販売でない場合、その前に『申し込み登録』という手順が加わる。一定の登録期間を設け、同じ住戸（じゅうこ）に複数の登録が入った場合は抽選を行い、当選者が晴れて申し込み、契約へと進むことができる。もちろん、登録が一人だけならそのまま無抽選で申し込みの権利を得られる。

つまり五人の客がいたとして、それぞれ別の住戸に登録してくれればそのまま五戸売れるが、五人とも同じ住戸に登録されてしまうと、当選した一人にだけ、一戸しか売れない。

だから営業にはとにかく登録住戸をバラけさせ、極力抽選にならないよう満遍（まんべん）なく売ることが求められるのだ。

無事ローンの事前審査に通った垂木（たるき）さまは、受け付け開始の初日に来場し、八〇七号室に登録してくださった。滝（たき）さんの采配と営業全員のチームワークで垂木さまの八〇七は守られ、一週間の登録期間終了後、垂木さまは無抽選で申し込み——契約へと進むことになった。

売れたのだ。私が、マンションを売った。

予算をだいぶ下げたとはいえ、それでも四千百万円だ。そんな高価なものを、本当に私が売ってしまった。結局第一期で登録してくれたお客さまは垂木さまだけだったけれど、たった一戸でも、私から買ってくれた人がいる。

その事実に震えてしまい、垂木さまに無事無抽選となった旨を連絡した折には思わず泣きそうになった。必死で堪えたけど、垂木さまご自身も、もし抽選になったら、落選したらと気が気でない一週間を過ごされていたようで、電話口で先に泣かれてしまい、ありがとう、ありがとうございます、と声を詰まらせるので、結局私も泣いてしまった。

その後、どうしても登録が重なってしまった住戸の抽選会を終え、当選者の申し込みが完了。ハピネスフィアタワーも、例の〈第一期即日完売!!〉を堂々宣言することと相成った。

それにしても驚いたのは、日下部さんが知らない間に五戸も売っていたことだ。

年功序列的に私よりはいいお客さんが回ってきたからだと本人は言っているけど……もしかしたらこの人、本当は切れ者なのに敢えて韜晦しているだけなのでは……と疑いそうになったけど、りこちゃんは二十戸売ったと聞いて、こんなもんかと思った。

　そしてついに、マンションギャラリーでの重要事項説明会を経て、今日はいよいよ契約会。私を含む数名の営業が、この日は和合不動産本社ビルの契約課フロアに詰めていた。

「岩城さん！　おはようございます」

　エレベーターから、垂木さまご家族が笑顔で出てこられた。今日は奥さまの方がワンピースの上に美乃梨ちゃんの抱っこ紐を装備して、ご主人は初めて見るスーツ姿だ。

　ラフな服装のお客さまも多いけれど、ちらほらとスーツをお召しの方もいらっしゃる。場所柄余計にそういう気持ちになるのかもしれないが、やはり家は最大の買い物。契約の瞬間は、正装で臨むにふさわしい人生の節目ともいえるのだろう。

「おはようございます。本日は丸の内までお運びいただき恐れ入ります」

「こんな機会でもないと来ないところだから、張り切ってきちゃいましたよ。終わったらちょっとこの辺で遊んで帰ります」

「すごいね、見渡す限り草みたいにビルが生えてる！　これが高層階の眺め……ハピネスフィアタワーのスカイラウンジも、こんな感じになるのかな……」

「見える景色はもちろん違いますが、ちょうど同じくらいの高さだと聞いております」

　ご主人がへーと頷き、大きな窓に寄って下を見る。奥さまは「ちょっと足が竦んじゃうー」と言って、お二人で楽しそうにはしゃいでいる。

続々とお客さまが到着し会場に入りはじめたので、私も垂木さまをお席にご案内した。

「ベビールームもございますので、途中で退席される際にはスタッフにお声がけください」

「はい。あの、岩城さん。本当にありがとうございました」

「そんな……こちらこそ、ありがとうございました！」

つい大きな声が出た。がばっと頭を下げる動作も大きすぎたようで、周囲の視線が集まっている。恥ずかしくなったけど、照れた様子の垂木さまご夫妻も、他のお客さまも、今ここにいる誰もが幸せそうに笑っている。

思えば私は、すごい瞬間に立ち会っているのだ。

夢のマイホーム――憧れの我が家を手に入れる最良の日。皆がちょっと緊張していて、とても嬉しい。そんな空気が会場を満たしていた。

いざ契約会が始まってしまうと、私たち営業はほとんどすることがない。契約課の人たちが諸々やってくれるので、別室で待機していたのだが。

「――はぁっ？　連絡つかねぇのか!?」

突然響いた滝さんの怒鳴り声に、驚いてパーティションの方を見る。

「いえ、連絡はつきました。それで、契約は見送ると……」

「ふざけんな！」

紙を叩きつける音がして、フロアカーペットに書類が散らばるのが見えた。

「だから生半可な要望書なら取らねえ方がマシだっつってんだろうが！　お前、絶対に買うっつったよなぁ、あ？」

滝さんがこんな風に声を荒らげることにも衝撃を受けたけれど、怒鳴られているのが橘さんだったのも意外だった。呆然と見ていると、磨りガラスのパーティションの向こうで、ふと滝さんがこちらを向いた。慌てて顔を逸らしたけど、場所を変えるべきと思ったのか、滝さんが小声で何か言うと二人は部屋を出ていった。

いったい何であそこまで……とりあえず床に散乱した書類を拾い集め、そっとテーブルに戻してから、先にこの部屋で待機していた日下部さんに事の経緯を尋ねた。

「……キャンセルはもちろんどの部屋でも避けるべきことではありますが、今回は部屋が悪かったですね。ハピネスフィアタワーの中で一番条件の悪い住戸、二階北向きの部屋をキャンセルされたんです。ここはすごいですよ。狭い・暗い・寒いと三拍子揃った上に、キッズルームの真上なので昼間うるさい可能性もありますし、エレベーターの正面で隣はスタディルーム、他にも同じフロアに共用施設があるので、ひっきりなしに人の出入りがあって落ち着かないこと請け合いです」

ていうか、前から思ってたんだけど。

「そもそも何でそんな部屋作るんですか！」

「はあ。もったいないから作っちゃった、というところではないでしょうか」

そんな、コ○トコで食材買いすぎたお母さんみたいなノリで……。

「まあ実際住むには適さなくても、安ければ投資用に買う人はいますからねえ。実際今回キャンセルしたのも、投資目的の人だったようです。本来この住戸は、一期で販売する予定ではありませんでした。動向を充分見極めてから、確実に売れる価格をつける予定だったんです。それくらい売るのが難しい部屋だったのに、現金一括で買うという客が現れたから、ちょっと欲を出した値付けで売り出してしまった。和合不動産はブランドイメージを守るため全社的に値引きしないことを徹底しているので、一度公開したからにはこの価格のまま売らなければいけません。滝さんはとんでもない荷物を抱えたことになります」

そんな事情があったなんて知らなかった。

「キャッシュで買える投資家は余裕がある分、他にオイシイ話が転がっていると簡単に目移りしてしまうんですよねえ。物件価格一割の手付金も振り込まれていなかったそうで、完全に逃げられましたね」

日下部さんは他人事（ひとごと）一〇〇％という顔で紙パックのお茶（お客さま用）をチューと吸う。口を離すと、ストローに空気が戻る音がした。

事情はわかったけど、あんな怒鳴り方しなくたって……。

何だか私まで気が重くなって、外……は無理だけど廊下の空気を吸いに控え室を出た。嵌（は）め殺しの窓からでも、高層階の眺めを見ているといくらか気分が晴れる。

気が済んだところで、戻るついでにお手洗いに立ち寄った私は、驚いて足を止めた。

「た、橘さん？」

洗面台にもたれかかって、声も出さずに、けれどたしかに泣いていた。

いつか能海（のうみ）さんに言われた言葉が頭をよぎる。

――今日のあんたみたいに、トイレで泣いてる子何人も見てきたよ。

「あの……大丈夫ですか？」

「――私、辞（や）めます」

言うことまであの日の自分のようでぎょっとした。

「そんな、ヤケにならないでください。キャンセルの件はしょうがないじゃないですか、たまには酷（ひど）いお客さんだっていますよ。滝さんもあんな言い方しなくたっていいのに……」

けれど声を上げて泣きじゃくっていた私とは違い、橘さんは静かに、落ち着いた様子で首を左右に振った。

「今回のことだけじゃありません、ずっと考えていたことです。私、売れないんです。どの現場でも……今回だって、六戸しか売れてません。申し込みでなく契約で数えれば、五戸になりましたね」

濡れた頰に皮肉な笑みを浮かべるけれど、ちょっと待って。

「私なんて、一戸しか売ってないし……」

「武州さんとは事情が違います。ハピネスフィアタワーは和合が幹事で、私は、和合不動産の、それも総合職なんですよ？　もう三年目なのに、後輩で電話もまともにかけられない杉政くんにも抜かされて、契約社員にさえ勝てない。こんな不甲斐ない私を何とかするために、滝さんは私にいいお客さまばかり振ってくれていました。営業以外に余計なリソースを割かないで済むように、現場で割り振られた仕事も日付を変えて使い回してるだけのDM原稿作りくらい。あとの作業はみんな、岩城さん、あなたにやってもらってましたよね。私があなたの立場だったら、きっと一戸も売れてません」

「橘さん……」

この人には、立場があるからこそのプレッシャーがずっと圧しかかっていたのか……けど、やっぱり。

「せっかく入った会社じゃないですか。橘さんも、街づくりか何か、夢があってデベロッパーに入ったんじゃないんですか」

「……夢？」

私の顔を見返した彼女は、ひどく醒めた目をしていた。

「夢って何ですか。いい大人が、誰もが夢のために働いてるとでも思ってるんですか？　そんなものありませんよ、和合不動産に入社したのは、とにかく大手を受けて、内定が取れた中で一番条件がよかったからです。皆面接では夢や理想を語ってみせても、本音は一緒でしょう？　学生でいられなくなったら、何かしらで働かなくちゃいけない。だから給料とか、安定とか、ステイタスで大まかに仕事を選んで、入れるところに入る。そうやって結局はそれぞれ身の丈に合ったところに納まるだけ」

橘さんの言っていることは、きっと正しい。

私は子どもじみた夢を追いかけて失敗した。いっそ夢なんてなければよかった、最初からそんな風に割り切っていればと、ずっと後悔し続けてきた。

「だけど私は……納まるところを間違えたみたい。ねえ、夢とやらがあれば、このみじめさにも耐えられたの？　自分だけが役立たずで、会社のお荷物だって毎日思い知らされても、平気な顔で出勤できるの？」

「武州（うち）の日下部さんは、夢なんかなくても平気そうですけど……」

「私はあんな風にはなりたくないんです！」

橘さんが両手を洗面台に叩きつける。

「入社したからには、どんな部署でも第一線で恥ずかしくない仕事をするつもりでした。できると思ってた……今だって努力してる、やれることは全部やってるしチャンスも与えてもらってるのに、なのに、結果がついてこない……どうして売れないのか、これ以上何をすればいいのか、もう、いくら考えてもわからないんです……！」

どうにもならないもどかしさに全身を搦（から）め捕（と）られているように、苦しげに顔を歪（ゆが）ませる。

そんな彼女に私は何と言葉をかけていいのかわからず、そっと化粧室を出た。

廊下の先、誰もいないエレベーターホールでスマホを取り出す。接客中じゃないといいけど……祈りながら電話をかけると、すぐに『はい』と応答があった。

『何？　本社（そっち）で何かあったの？』

「ええと、はい、ちょっと、アクシデントが……それで……」

マンションギャラリーの方に出勤している能海さんに、事のあらましを伝える。

あの日の私みたいに、能海さんに何か言ってもらえば、きっと橘さんも立ち直れるはず
——そう思って助けを求めたものの。

『放っとけば？　言ったでしょ、売れない人間には辛い仕事なんだから、さっさと見切りつけた方がいいの。三年やって無理だって本人が言うなら無理なんでしょ』

「で、でも、和合不動産の正社員なんですよ？　しかも総合職だって！　どう考えてももったいないじゃないですか」

『それは橘が決めること。橘の人生だよ。ここで引き止めて、歳食ってからあの時辞めときゃよかったって本人が後悔したら、澪に責任取れんの』

「それは………けど、私が辞めるって言って泣いてた時は、能海さん、励ましてくれたじゃないですか……」

　あのねぇ、とため息まじりの声が返ってくる。

『橘の難儀なところはね、良く言えば伸びしろしかなかったあんたと違って、これ以上改良の余地がないのよ。外見もいいし知識もしっかり入ってる、ちょっと愛想が足りないところはあるけど、接客は丁寧で客を不快にはさせない。押しが弱いってわけでもないし、何が悪いのかあたしにもさっぱりわかんない』

「そういえば……橘さんも、わからないって言ってました」

　頑張ってるのに、どうしてうまくいかないのかわからない。もがいてももがいても報われない、その苦しさは私も就活で嫌というほど味わった。

私は橘さんみたいに完璧じゃないし、本当はまだまだ努力できる部分があったのかもしれないけど…………就活と営業は似ている。自分がどれだけ頑張っても、最後に成否を決めるのは相手の方だ。

「……結局は、運みたいなことなんですかね」

『それは大いにある』けど、と能海さんは続ける。『強いて言うなら、本人がノれてないからかもね。これぱっかりはどうしようもない』

軽い口調で放たれた言葉が、存外重く、深く心に沈殿した。

納得できるようで、どこまでも摑みどころのない話だ。続けていれば、いつか〝ノれる〟日が来るのかもしれない。けど、永遠に来ないかもしれない。たしかにそんな賭けにたった一度しかない人生の何年間もを費やすのは、仕事を辞めるよりも怖いことなのかもしれない。

『とにかくあたしから言えることは何もない。以上』

切られてしまった。

重い足取りで化粧室に戻った私は、じっと鏡を見つめている橘さんに近づいた。顔を洗ったのか、頰や顎、生え際に水を滴らせている。

私に気づくと、彼女は鏡越しに言った。

「岩城さんは、夢を叶えてこの仕事をしているんですか」

私は答えに窮する。夢はあった――けど、今やっているのはまるで別のことだ。

橘さんは質問の答えを追及せず、静かに続けた。

「私、そういうのないんです。大学に行けばやりたいことが見つかるなんていうけど、そんなこともなかった。今だって、和合を辞めたところで次に何をしていいのかわからない」

……叶わない夢を引きずっているのと、夢を持つことができないのは、どちらが不幸なのだろう。

「とりあえず、派遣でも登録してみようかな」

振り返った彼女の顔は、どこか清々しく見えた。

「……そうですね。色んな経験はできると思います。私はもう戻ります、よかったらこれ、使ってください」

タオルハンカチを、そっと差し出す。

「ありがとう」

吹っきれたような表情――お客さま相手以外に微笑む顔を、その時初めて見た。

その日を最後に、橘さんは出勤しなくなった。

13　青天の霹靂

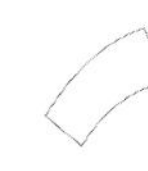

『もしもし、お姉ちゃん？』

「うん、萌恵？　どうしたの」

『どうしたのじゃないよ。何もいらないって言ったのに、結局出産祝い送ってきて。もー、これじゃこっちが催促したみたいになっちゃうでしょ』

「あはは、それはごめん」

二回目のお給料日の後、萌恵の好きな夢の国キャラクターのタオルやスタイ、靴下が入ったおむつケーキと、同じキャラクターの封筒に少し包んで送っていた。

『気を遣わないでって言ったのに……』

「別に無理してるわけじゃないから、そっちこそ心配しないで素直にお祝いさせてよ」

これは本当だった。そもそも前の仕事より時給が高い上に、手当のつく土日の出勤が主なこと、お客さまの仕事終わりにアポを入れることもあるので残業が多かったこと等あり、何かの手違いかと一瞬驚くような額が振り込まれていた。実をいうと調子に乗って新しいパンプスも一足買ってしまった。暖色系の服に合わせやすいテラコッタカラーの六センチヒールは、そんなに高くはないけど履(は)いているといつもより背筋が伸びる。来月は一着くらい自前でスーツを新調するというのが密かな野望だ。

『あ、あとたぁくんに真夏のお年玉もありがとうね。喜んでたよ』萌恵が喋(しゃべ)る途中に『みーちゃんありがとー！』と音割れしそうな大声が乱入してきたので、思わずスマホを耳から遠ざけ、スピーカーに切り替えた。

『ごめんね、びっくりしたでしょ。もーほんとうるさくて参っちゃう』

「ううん、元気で何より」

『お姉ちゃんこそ、何か前話した時より声が明るくない？　張りがあるっていうか……芯が通ったみたいな』

「え、そうかな……一応仕事中だから、多少は気が張ってるのかも」

電話の向こうで、赤ちゃんの泣き声が上がった。まだ小さな命が生きるために発する切実な叫び声が、エエッ、エエーと響いている。

『ごめん、起きちゃった』

「うん、わざわざ電話ありがとう。じゃあまたね」

通話を切った私は、砂利を踏む音に振り返った。事務所の外の細い通路で話していたので、後から出てきた杉政さんが通るに通れず、待ってくれていたようだ。

「あ、ごめんなさい道塞いじゃって」

「いえ。お友達ですか？　赤ちゃんの声が」

「ああ、妹です。少し前に二人目が生まれて」

えっと驚きの声が漏れる。

「岩城さんの妹さんで、二人目のお子さんですか？　妹さんておいくつなんですか」

あっ、そういえば私は二十二か三くらいに思われてるんだっけ。妹はですね、今年で二十四になります。

「十代のうちに結婚してるんで……早いですよね……あはは」

早いですね……と感心したように頷く杉政さん。嘘をついてるわけじゃないけど、ちょっと後ろめたい。

「妹さんは、早くにそういう相手と巡り会えたんですね。羨ましいな」

その瞬間、たぶん本能のようなものが勝手に働いたのだろう。訊くなら今しかないと、頭で判断するより先に口が動いていた。

「杉政さんはいないんですか？　そういう相手」

完全な暴走だ。

何やってるんだと自分を責める暇もなく、来る返答に備えて身構える。

「そんな人がいたら、毎晩他の女の人に電話したりしませんよ」

……その返しは、ちょっとずるい。

思わせぶりだって自覚はあるんだろうか。

「岩城さんは……って、訊いてもいいですか」

数年ぶりに味わう、この男女間の微妙な探り合いの空気は、気まずくもあり、同時に本のあらすじを読んでいる時のようにスリリングだ。気持ちが惹かれはじめているのを感じながらも、本編に踏み込むべきか、見定めようとする甘い躊躇い。迷い揺らぐ思考は、どこか官能的だとすら思う。

「……今は、仕事を覚えるのに精いっぱいで。それどころじゃありません」

けれど口をついて出たのは、そんな返事だった。

「………そっ、か」

短い沈黙の中に、私の答えが正確に伝わったことを知る。

「じゃあ、僕はちょっと、現地にチラシ置いてきます」

「はい。お疲れさまです」

靴底で砂利を鳴らして遠ざかってゆく背中を、私はじっと見送っていた。

今の私は、タイトルに偽り(いつわ)ありだ。

毎晩、電話のたびに今日こそ本当のことを打ち明けようと思うのに、あと一歩勇気が出ない。めんどくさいことこの上ないと自分でも思うけれど、わずかでも彼からの好意めいたものを感じると、なおさら言いだせなくなってしまう。ずるいのだ。

私は砂利道を引き返して、事務所に戻った。

平日で空席だらけなのに、それでも杉政さんの隣の席——主(あるじ)を失ったデスクは、妙にもの寂(さび)しく空間に穴を開けている。急なことだったから、まだ人員補充の調整がつかないらしい。

「あっ、ねえー澪(みお)、りこさん見なかった？」

能海(のうみ)さんが椅子を回して振り返る。デスクで宅配のお弁当を食べている途中だ。

「いえ？　私外の通路にいたけど通らなかったから、外には行ってないと思いますけど」

「そっか。別に急ぎじゃないんだけど、さっきりこさんのお客から電話あったから」

今は誰もお客さまがいないから、接客中ということもないはずだけど……。

「私ちょっと上の階見てきますよ」

「そ？　じゃあお願いしちゃおっかな」

事務所を出た私は、誰もいないのをいいことに肩を回したりストレッチしながら階段を上る。と、二階に差しかかったところで、ひそひそ話のような男女の声が聞こえてきた。

りこちゃんかな？　と思って首を伸ばした瞬間、私は見てしまった。小悪魔的な笑みを浮かべたりこちゃんが、滝さんのネクタイを摑み、くいと引いて個室へ連れ込んだのを。

えっ。

たしか、滝さんは既婚者のはず……え、これってやっぱり、ふ、不倫……ですかね。

二人がそんな関係だったなんて……そういえば、滝さんてりこちゃんには妙に優しいというか、甘いところがあった。それにしても職場でこんな、不潔……いや、見なかったことにしよう。こういうのには関わらない方がいい、さっさと立ち去るに限る。

そう、頭ではわかっているのに――どうしたことでしょう、私のゲスい好奇心が、その場に足を留めてしまうのです。そればかりか、心なしか耳をそばだててしまうではありませんか。はい、もう認めます。好奇心には弱いタイプなんです。後で恥じます、悔い改めます。

「……ああん」

いきなり激しい物音と共にそんな声が聞こえてきたからびっくりした。

女性の声――だからりこちゃんの声のはず、けどまるでりこちゃんらしくない、別人のような声。地の底から響くような、ドスの利いた恫喝の声。

「ぁぁぁあぁん？　てめぇ滝の分際で、三年目の女子社員ドヤすたぁ偉くなったもんだよなぁ！　あ？　てめぇのせいで橘が辞めただろうが！　どう落とし前つけんだこの野郎！」

ガン！　とテーブルを蹴るような音が響く。

「や、辞めたのはあいつが勝手に、自分は売れないからって……」

「てめぇの仕切りが悪ぃからだろ！　金ある客振っときゃいいってもんじゃねぇんだぞ相性くらい考えろや能なしが！」

「す、すみませ……けど、ドヤしたってほどじゃ……僕が若手の頃は、先輩たちから、もっとキツくやられて」

「だーかーら時代が違うっつってんだろうが！　てめぇの脳みそは再建築不可か？　既存不適格管理職かよ」

「りこさんだって、今僕をドヤして……」

「庄田さんだろうがッ！　気安く名前で呼んでんじゃねぇぞ！」

「すっ、すみません……！」

……何コレ。あの部屋の中で、いったい何が起きてるの……？

怒号が続き、混乱しているうちに、ドアが開いて滝さんが蹴り出された。突然で隠れるともできなかった私と、滝さんの視線が一瞬かち合う。彼は気まずそうに目を逸らすと、衣服の乱れを直しながら反対側のジオラマルームへ下りる階段の方へと去っていった。

呆然としていると、遅れてりこちゃんも個室から出てきた。

「あれっ、澪ちゃんここで何してるのぉ?」

「あ……あああの、能海さんがっ、り……庄田さんに、で、電話があったって……」

「そっかーありがと。でもー澪ちゃん、庄田さんじゃなくて、り・こ・ちゃん、でしょ?」

「あ、すみませ……り……りこちゃん、さん」

「もー何それ、変なのっ。そのジャケット、マディソンブルー? 可愛いね」

にこっと笑うと、彼女は階段を下りていく。

私は腰が抜けたようになって、しばらくそこから動けなかった。

「あーいた、澪?」

能海さんの声が背中に聞こえて、私は首が錆びついたようにぎこちなく振り返った。

「何こんなとこで突っ立ってんの? 全然戻ってこないから探しに来たんだけど」

「あ、あの……滝さんと、りこちゃんさんて、どういう関係なんです……?」

能海さんは何かを察したようだった。

「あー……、りこさんはね、昔は和合不動産の社員だったのよ。和合も今でこそコンプラ

コンプラってお行儀よくやってるけど、元はゴリッゴリの体育会系デベロッパーだからね。上下関係相当厳しかったらしいし、元先輩ってだけじゃなく転職した今も和合の部長に頼み込まれてうちの現場に入ってくれてる人だから、滝さんは頭上がんないよね」

「え？　ちょっと、待ってください……りこちゃんさんが、滝さんの先輩なんですか？りこちゃんさんて、いったい何歳……」

能海さんはいつになく真剣な顔で首を左右に振った。私は好奇心に弱いけど、それ以上に命は惜しい。二人の間で、無言のうちに今の質問はなかったことと処理された。

「けど……せっかく和合の社員だったのに、何で転職なんてしたんですか」

「りこさんくらい売れる人なら歩合が大きい流通の方が稼げるってのもあるけど、当時の和合不動産じゃ女は上に行けなかったからってのもあるみたいよ。だから余計に、橘のことは女の総合職ってんで目をかけてたみたい」

橘さんに、託す思いがあったのだろうか。あの場にりこちゃんさんがいれば、何か違っていたのかな……いや、今さら考えても仕方のないことだ。

「けど滝さんも気の毒な世代だよね。若手の頃は上司や先輩にさんざんシゴかれて、ようやく自分が偉くなった頃には、上司が部下のご機嫌取らなきゃいけない時代だもん。同情するわ」

「何ていうか……みんな、色々ありますね……」

妙にしみじみしたところで、戻ろうと階段を下りる。能海さんは「まだ歯磨いてなかったから」とパウダールームに行ってしまった。

私が一人で事務所に入ろうとした時、内側からドアが開いた。慌てた様子で出てきたのは滝さんだ。

「──岩城さん」

眉根を寄せ、険しい顔で私を見下ろす。

「あ、あの、大丈夫です。さっきのことは誰にも言いませんから……」

滝さんは目を眇めると、それどころじゃないというように首を横に振った。そして。

口早に告げられた言葉の意味がすぐには呑み込めなくて、私は「……え?」としか言えなかった。

滝さんはこう言っていた。

──八〇七の垂木さん、キャンセルになった。

14 ― 運命の部屋

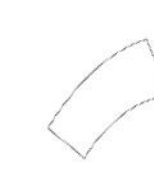

キャンセルの理由(わけ)は、ある意味では不可抗力によるものだった。住宅ローンの本審査に落ちてしまったため、契約を解除せざるを得なくなったのだ。

だけど垂木(たるき)さまは、事前審査に通っていた。なのに何故、本審査で落ちたのか――その理由はおそらくこれだ。

「手付金を、振り込む時に……妻の両親から百万円援助してもらったんですけど、うちの実家からは、どうしても出せる金がないと言われて……カードローンで。これまで何度か利用したことがあって、手軽だったので……引き渡しまでに返せばいいかと……」

契約時に支払う手付金は物件価格の一割、四百十万円としていた。自己資金が百五十万と、援助が百万。足りない分の百六十万を、借金で補塡(ほてん)してしまったのだ。

事前審査の時にはなかった高額の借り入れが、本審査の時にはあった。否決の理由は通知されないが、事前審査は通っていた以上これが原因と見て間違いないだろう。

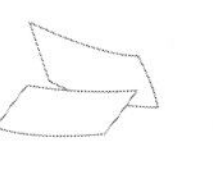

ローンが組めなければ当然買うことはできないので、キャンセルするよりほかはない——たとえ、本人がどれだけ買いたいと願っていても。

「……こんなことに、なるなんて、思いもしなくて……」

声を詰まらせる奥さまの目の縁(ふち)には、今にもこぼれ落ちそうな涙がしがみついている。

事務所でこの話を聞いた三田村(みたむら)さんは、「馬鹿だよな」と失笑していた。

馬鹿？　そうかもしれない。普通に考えたらわかるだろ？　そうなのかもしれない。けど普通って何だろう。長年不動産業に携(たずさ)わっている人たちにとっては、常識なのだろう。けど私は、こんなこともあるのかと驚いた。手付金が足りないからと安易に他で借り入れてしまう人がいることも、その結果せっかく契約したマイホームを諦(あきら)めなければならない事態が起こることも、想像さえしていなかった。

仮にも売る側の私がそうなのだ。初めて家を買う、これまで不動産と何の関わりもなく生きてきた〝普通の〟お客さまが思い至らなかったとして、誹(そし)られるほど愚かだろうか。

「では、こちらにご署名と印鑑をお願いします」

滝(たき)さんが冷ややかに言い放つ。私も同席してはいるが、解約の手続きは滝さんが淡々と進めている。

「はい……」

契約会の時は、あんなに幸せだったのに。震える指で印鑑を持ち上げる垂木さまは、絶望した顔をしている。未練をべっとりと張りつけた、悲愴な顔を。

陰鬱で重い空気に私も圧し潰されそうだ。人が叶えた夢を摘み取っていく悪魔が私の肩を踏みつけ、薄気味悪く声を潜めてお二人を嘲笑っているようで、やるせない怒りが込み上げてくる。

それでも、垂木さまは幸せな方……らしい。

住宅ローンの審査が通らなかった時には、白紙解約できる特約がついていたからだ。この特約があっても、今回のような場合には買主に過失があるとして手付金が返還されないケースもあるそうだが、今回は悪意はなかったということもあり、企業イメージを重視する和合不動産の判断で、手付金は全額返還されることになった。四百十万円をドブに捨て、借金だけが残る最悪の事態は避けられたけれど……。

「……捺しました」

私のたった一件の成約も、これで白紙となった。

「はい。では、こちらで……」

「……――あのっ！」

ずっとお通夜のように俯いていた垂木さまが、突然顔を上げた。何事かと構える私と滝さんの前で、ご夫婦が目を見合わせ、互いに何かの決意を確かめるように頷き合う。

「……もう、この部屋が買えないのは承知しています。自分の浅はかな行動のせいなので仕方がないし、岩城さんや、責任者の滝さんにもご迷惑をおかけして申し訳ないと思ってます。けど、僕たちどうしても、ハピネスフィアタワーに住みたいんです。それが僕たち家族の夢なんです」

奥さまも涙目で必死に頷いている。

「垂木さま……」

「失礼ですが、フラット35の審査に落ちたとなりますと、銀行での融資も見込みはないかと。残念ですが」

「それはわかってます。だから八〇七号室は諦めます。けど代わりに、ここで一番安い部屋――二〇九号室。そこなら買えませんか？　ちょうどこの部屋もキャンセルになったって聞きました」

滝さんの肩がぴくりと動いた。

二〇九号室――橘さんが契約直前にキャンセルされた、あの住戸だ。

「この部屋なら、二千二百万円ですよね？　それなら自己資金と妻の実家から受けた援助だけで、頭金一割払えます。前は僕の職歴や収入から審査が通るかギリギリだったけど、借りる額が半分になれば、何とか、いけませんか……？」

「ええ、ええ、それはもちろん……いえ、確実とは言えませんが、可能性はございます」

滝さんは声を弾ませる。たしかに可能性で言えば、なくはないのかもしれないけど……。

「ですが、このお部屋は三人でお住まいになるには窮屈では……」

私が口を挟むと、滝さんの刺すような視線が飛んできた。

「そうなんですよね。それがネックではあったんですけど……1LDK＋Sって書いてありましたけど、図面見ると普通に二部屋あって、2Lと変わらないんじゃないかって」

すかさず滝さんが答える。

「はい。Sはサービスルームのことで、たとえば採光のための窓の面積が床面積の七分の一以上という基準を満たしていない等、建築基準法上、居室と謳えない部屋をこのように表記しております。納戸や書斎、ワークスペース等どのような使い方をされるかはお住まいになる方の自由ですので、実質2LDKと違いはございません」

「うん、うん。そうですよね。だったらこれを一部屋として使えばいいし、それぞれの部屋やリビングも小さいけど、全体の広さは今住んでる賃貸マンションとほとんど変わらないし……どうせ眺望はスカイラウンジで最上階の景色を楽しめればいいと思ってたから、この際二階でも構わないです」

「大変合理的なお考えでいらっしゃいます。中途半端な低層階のゴミゴミした眺望よりも、二階の方が美しい植栽(しょくさい)の緑を間近にご覧いただけますのでかえってよろしいかと」

「ですよね。一階は全部共用部分だから、二階に住めば足音とか下の階に気を遣(つか)わなくていいし。うちは子どももいるから、そういう部屋の方がかえっていいと思う。それに部屋っていうよりも、わたしたちはハピネスフィアタワーが気に入ったんだもん！」

　奥さまの声が徐々に熱を帯びてくる。

「スカイラウンジとかキッズルーム、両親や友達を招いた時に泊まってもらえるお洒落(しゃれ)なゲストルームがあるだけで自慢だもん。ホテルみたいなエントランスホールを毎日出入りできて、クリーニングとかタクシーとか宅配便とか何でもしてくれる執事みたいなコンシエルジュが笑顔で迎えてくれれば、もう部屋なんてどこでもいいんです。このタワーに住めさえすれば。ここを逃したら、もうこんなマンションには住めないかも……」

　滝さんが身を乗り出す。

「ええ、おっしゃる通り、今後このエリアにこれだけの立地、設備のタワーマンションがまた建つ保証はございません。都内ならこの価格では収まりませんし、たったの二千二百万円でここに住めるのならこれを逃す手はありません。どのお部屋を買われても、共用施設は全員がすべて平等に使えます。それでいて月々の管理費や修繕積立金はお部屋の面積が小さいほどお安くなりますから、その意味でもこのお部屋は最もお買い得です」

「そう、そうですよね…………決めました、この部屋を買います！　買わせてください」

「かしこまりました。この二〇九号室は第一期で販売済みのキャンセル住戸ですので、現在は先着順での販売となっております。よろしければこのまま申し込みの手続きに入りましょう。ああ、申込金はそうですね、一万円で結構です。では申込用紙をお持ちします……」

　あれよあれよという間に手続きが進んでいった。絶望に落ち窪(くぼ)んでいた垂木さまご夫妻の目には光が戻り、最後には笑顔になって帰っていった。十日後にまたマンションギャラリーに来てもらい、個別に契約を行う予定だ。私はそれまでに、何としてもローンを取り付けなければならなくなった。

「八〇七ならすぐまた売れる。それより二〇九がこのまま売れたら、岩城さん、あなたは救世主ですよ！　問題はローンだけです、垂木さんの気が変わらないうちに、何としても通してください。じゃあ私はこれから本社に行きますから、くれぐれも頼みますよ」

「は、はい……！」

　とは言ったものの、いったいどうすればいいのか。

　まずは返還された手付金でカードローンを一括返済してもらうことは先ほど伝えてある。

ローンの審査では、各金融機関が共有している信用情報――その人のローンやクレジット、割賦販売の利用等、お金にまつわる記録を調べられる。八〇七号室の本審査が通らなかったのも、おそらくこの信用情報からカードローンの借り入れがバレたためだ。その分は今日にも完済する予定だけど、この不自然な履歴もすぐには消えない。ただでさえ審査が通りづらい自営業で、独立間もなく収入も安定しているとはいえない。いくら借り入れ額が減ったとはいえ、融資してくれる金融機関が簡単に見つかるかどうか……。

「日下部さん、どうしたらいいですか？　どこなら貸してくれると思います？」

事務所で教えを乞おうとしたわたしに、日下部さんは首を傾げて天井を見上げた。

「さあ……わたしにはわかりません」

面倒くさそうにそう言ったかと思うと、大仰に腰を押さえて立ち上がり、どこかに行ってしまった。逃げやがった。

けど……日下部さんのことだから、「大丈夫ですよ。どうせどこも通りません」とか笑顔でのたまうんじゃないかと思ったけど、そうは言わないってことは、きっと可能性はあるんだ。

よし、と気合を入れて、私は和合側の島に回った。新築マンション分譲はチーム戦、滝さんからもくれぐれもと頼まれているんだし、他社の人たちの知恵を借りてもいいはずだ。

ちょうど手の空いていた能海さんに相談してみる。

「……それで、どこなら審査が通りやすいか知ってますか？　とりあえず片っ端から仮審査を申し込んでみたらいいですかね」

「いや、それは悪手かも。審査になると必ず信用情報を見られるでしょ？　金融機関が記録を照会した履歴も半年は残るから、あちこちの履歴があると、コイツ手当たり次第に申し込んでは悉く落ちてるヤベー奴だなって思われるじゃん。職歴・年収とかで余裕の人なら平気だろうけど、ただでさえ危ない人はそういうとこまで考えて動いた方がいいよ」

「なるほど……じゃあ、どうすれば」

「うーん。まずはうちの提携先と、その垂木さん？　が普段から取引してる銀行に当たってもらうのと……あとは色んな金融機関で、審査は申し込まずに感触探っていくしかないだろうね。相談窓口で事情話して、こんな感じだけどいくらくらい借りれますか～って風に？　まあ普通に審査受けろって言われるかもだけど、明らかにナシだったら向こうも無駄手間だから適当にあしらってくんじゃないの？　そしたらそこはダメってわかる」

なかなか、気の遠くなりそうな作業だ……。

「審査の基準は各金融機関によってまちまち、もっと言えば担当者次第だからね……一番早いのは、担当者に直接打診できるといいんだけど。けどどんなに頼んだって、普通は絶対に教えてもらえないよ」

普通はね……と繰り返しながら、能海さんの視線は隣に座るりこちゃんさんへ。

「ん～？　なぁに～静香ちゃん。もしかしてだけどぉ、お金と命の次に大事な人脈を貸してもらえるなんて、あまーい期待、しちゃってる？」

「三番目ならいいじゃん」

「よくないもんっ。三番目でも大事は大事だよぉっ、お菓子よりも上なんだからねっ」

ぷくぅと頬を膨らませたりこちゃんさんだったけど、やがてその頬を萎ませて、デスクの抽斗の鍵を開けた。そこから出てきたピンクのもこもこラビットファーで覆われた手帳から数ページを抜き取り、はい、と私に手渡してくる。

「交渉次第だけどー、りこの名前出したら、コソッと教えてくれる人はいるかも」

「えっ……い、いいんですか？」

「二〇九、何とかして売ってくださいって麻里衣ちゃんから頼まれてたんだよね。澪ちゃん、あとはよろしくね」

「りこちゃんさん………はい、ありがとうございます！　今度お菓子買ってきます」

そうだ――橘さんのためにも、私があの部屋を売らなくちゃ。

その日から、私は必死で融資をしてくれる金融機関を探し続けた。

垂木さまご自身にも各所のローンプラザに足を運んでもらい、方々当たってはいるけれど、どこも芳しくない。提携銀行にも難色を示され、予想以上に厳しい現実を知った。

「……はい、そうですか……わかりました。いえ、お時間取らせてすみません……」

一人きりの事務所で、受話器を置く音がむなしく響く。窓の外はとっくに真っ暗だ。

「疲れたぁ……」

私はそのまま崩れ落ち、固く冷たいデスクに右の頬を押し潰した。

「お疲れさまです」

驚いて飛び起きる。いつの間に入ってきたのか、杉政さんが鳥カゴに付箋をつけていた。

「お、お疲れさまです……もうみんな帰ったかと思ってました」

「お仕事帰りのお客さまとの商談が長引いてしまって。岩城さんこそ、こんな時間まで……例の、二〇九ですか」

私は力なく頷く。

この世には無数の金融機関があり、ありとあらゆる住宅ローンが存在するということも今まで知らずに生きてきた。知らないままで生きていたかった。

「滝さんからプレッシャーかけられてるのかもしれないけど、無理しなくていいんじゃないかな。ローンが通らないのはお客さまの問題であって、営業にできることは限りがあるから」

私を労って、こう言ってくれている。それはわかっていたけど、素直に頷くことはできなかった。

「……私がもっと、ちゃんと確認していたら……他に借り入れはしないように前もって念を押していたら、手付金が足りないことを相談してもらえていたら、きっと垂木さまは、どこかしらの部屋を普通に買えていたはずなんです。ご夫婦お二人とも、ハピネスフィアタワーに住むのを本当に楽しみにしていらしたのに……このマンションは、あのお二人の夢なんです。担当が未熟だったせいで、その夢を潰してしまうわけにはいきません」

私が担当じゃなかったら、私がもっとちゃんとしていれば。解約手続きの間、私はそんな思いに苛まれていた。だけど垂木さまが二〇九を選んでくれたことで、一縷の希望ができた。この糸を今度こそしっかりと結びつけるのが、私にできる唯一の償いだ。

「僕にも、少し手伝わせてください」

「え？　でも……私のお客さまなのに」

「何事も経験ですから。電話……は僕のせいでかえって印象悪くするといけないので、メールで問い合わせできるところを分担させてもらえれば」

そういえば、あれ以来この件にかかりきりで連日帰りも遅くなり、電話の時間も取れなくなっていた。

「あの、本当にすみません……毎晩の練習もストップさせてもらってて」

「はい。だから早く片づけて、また僕から電話できるようにお手伝いさせてください」

杉政さんの優しさが、心の擦り減ったところに熱く沁み込んでくる。

目が潤むのを見られないように慌ててリストを渡すと、杉政さんは自分のデスクでメールを打ちはじめた。時間が時間なので、私も電話は終わりにしてメール戦法に切り替える。

それからどのくらいの時間が経っただろうか――突然、杉政さんが「あっ」と叫んで飛び上がった。

「すみません、もう帰らないと！　終電が……」

「えっ？」

さすがに残業しすぎたとは思うけど、いくらなんでも終電という時間じゃない。

「ここからだと、もう出ないと間に合わないんです。うち千葉県の市原市の奥の方で……」

早口で言いながら慌てて帰り支度をしている。実家通いだとは聞いていたけど、こんなに早く電車がなくなるって、通える距離じゃないのでは……。

そのうちに「あ……」と背中から刺されたような声を漏らして、杉政さんは動かなくなった。もうアウトらしい。

「これだから、いい加減一人暮らししようと思ってるんですけどね……この仕事ってコロコロ勤務地が変わるし、どの街もそれぞれに魅力があるから、どこに住もうかなかなか決められなくて。もう割り切ってウィークリーマンションを渡り歩こうかな……」

「あの、すみません。手伝ってもらったせいで……」

「いえ、僕が勝手にしたことですから。幸いこの辺はビジネスホテルもたくさんあるし、明日の出勤が楽になったと思ってのんびりします。岩城さんも、あんまり遅くなると危ないからそろそろ帰った方がいいですよ」

「そうですね、今日はもう終わりにします」

私もPCを閉じ、デスク周りを片づける。

……うーん。

そうはいっても、私のせいで帰れなくなったのに、私は知らん顔で杉政さんを一人ビジホに泊まらせていいものだろうか。

「あの、杉政さん……」

私はバッグから財布を出した。せめてものお詫びとして宿泊代を折半したいと申し出たけれど、杉政さんは断固として受け取ってくれない。

押し問答の末、ついに私はとんでもないことを口走っていた。

「じゃあ、一緒に泊まっていきますか」

それから十五分後。私と杉政さんは、さいたま新都心駅近く、線路沿い賃貸マンションの一室を前に、立ち尽くしていた。

「——で？　それで何でこうなんのよ、おかしいでしょうが」

「やっぱりダメですか」

「ダメに決まってんでしょ！　何でうちに杉政まで泊めなきゃなんないのよ！」

玄関先で、能海さんが目をつり上げて叫んだ。

残業続きのここ数日、私は専ら通勤時間五分のこの部屋に寝泊まりさせてもらっていた。今までも毎週のようにお泊まりしていたし、あの荷物の山も私が全部荷解きして、部屋には私の食器や着替えも着実に増え、水曜日には一緒にソファを選びに行ってみたりと、近頃ではちょっとした半同棲の様相を呈している。

とはいえ、ここはあくまで他人様の家であることは重々承知していたつもりなんだけど……今日は疲れていたせいか、判断力がおかしくなっていたようだ。うん。杉政さんまで連れてきちゃダメだわ。

「そりゃ僕だって、自分一人なら能海さんの家に泊まるだなんて絶対にありえないですよ。

けど、岩城さんと一緒ならいいのかなって」

「よくねぇわ。もう一度よく考えて？」

杉政さんは眉根を寄せて「たしかに、おかしいですね」と頷いた。

「何か、すみません……私が変なこと言いだしたせいで」

結局当初の予定通り、杉政さんは駅周辺のホテルを探すと言ってその場を去ろうとした。

せめて無事宿が取れたのを見届けつつ、私も今日は自宅に帰ってベランダ野菜の世話でもしようかと思い一緒に行こうとすると。

「え、ちょっと、澪は泊まってきなよ。明日の朝も味噌汁飲みたい」

「は？　何ですか味噌汁って、能海さんずるいですよ！」

「うるさい、オタクは帰って住宅地図でも眺めてろ！」

「だから帰れないんですって！」

謎の口論が始まってしまうのだった。

後でちゃんとお詫びをしよう。そう胸に刻んだ、その夜も更けていった。

15　契約までのカウントダウン

契約予定日が翌日に迫っても、いまだ垂木(たるき)さまに融資をしてくれる金融機関は見つかっていなかった。このまま目途(めど)が立たなければ、契約できなくなってしまう。

打診した中で可能性のありそうなところに絞って事前審査を申し込んだけれど、まだどこからも返事がない。時間がかかるというのは、難航しているということか……フラット35も本審査に落ちたばかりで厳しいとは知りつつ、借り入れ希望額は大幅に減っていることだし、ダメ元のつもりでもう一度、今度は別の提携窓口から申し込んだ。けれど。

「ダメか……」

この日の午後、否決の回答があった。

しつこく申し込んだのは、公的融資の側面があるフラット35は比較的審査が緩(ゆる)いと言われているからだ。それでもダメなのだから、やっぱり今の垂木さまに借りられる住宅ローンなんてないんじゃないか。

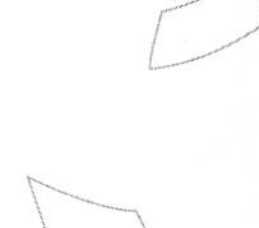
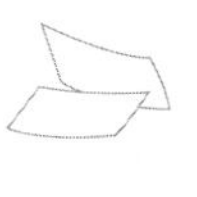

絶望に頭を押さえつけられ、デスクに突っ伏す。もう終わりか……そんな弱音がこぼれそうになった時だった。

「フラットはフラットなりの理由で落ちているってことも考えられますよ」

そう声をかけてくれたのは杉政さんだ。

「否決の理由は教えてもらえないから、あくまで想像でしかないけど……フラットは本人が住むための住宅ローンで投資用物件には使えないのに、自己居住と偽って不正融資を受けていたケースが大量に発覚したことがあったでしょう？　あの事件からフラットも審査が厳しくなっているらしいから、もしかしたら間取りを変に思われた可能性もあるかもしれない。三人家族で住むには狭い部屋だから」

「たしかに……フラットがダメだからって、諦めちゃいけないですね」

顔を上げると、ん、と励ますような笑みが降ってくる。

他にも審査に出したところは残っている、一つでいいんだ、どこか一社でも、融資してくれるところがあれば。

――そんな願いもむなしく、数時間後、また否決の回答が届いた。

もう外は暗くなりはじめている。希望の糸が先細り、消えかかってゆくのと反比例して、焦りは増大してゆく。不安に手足の先が痺れてきて、まともに座っていられなくなりそうで、私はデスクを離れた。ふらふらと事務所を出て、逃避先に選んだのは誰もいないはずのジオラマルームだった。

「おや、岩城さん。お疲れさまです」

「日下部さん……」

今日はこんなところでサボっていたのか。

暗がりの中、巨大な模型の陰から半白の頭がゆっくりと出てくる。全身で発光するタワーが、彼の顔半分に暖色の明かりを投げかけ、もう半分を黒い影に沈めていた。

ああ――来る。

今では見慣れてしまった、薄らとして感情のこもらない笑みがその顔に広がってゆく瞬間、死神が鎌を振り下ろす幻影を見た気がした。

「大丈夫ですよ」

やはり、言われてしまった。

この人はいつもこうだ。何事にも向き合わず、根拠もなく無責任に「大丈夫」で片づける。いや、違う。根拠はあるのだ、いつだって、哀しいほどの裏付けをもって、この言葉で終わりを告げてくる。だからこんなにも逆撫でされる。

「誰も岩城さんを責めはしません。滝さんだって、本音はここで売れれば儲けものくらいのつもりでしょう」

「…………また、そうやって…………人がっ、こんなに頑張ってるのに……！」

奥底で何かが溢れ出してきて、内側から私の口を抉じ開けようとしていた。

「頑張らなくていいんですよ。よく考えてください、岩城さん、あなた派遣でしょう。ここまでする義理がありますか」

音もなく、私が決壊する。もう止められない。

「……何なんですか？　いつもいつも、そうやって横からやる気のないことばかり言って人を萎えさせて。それでも正社員の日下部さんは、院生のお嬢さんを養えるくらいの月給もらえてボーナスも出て、もうちょっとしたら退職金までもらって楽勝人生クリアするんですよね。私みたいな人間にとって、はっきり言って、日下部さんみたいな人は地雷ですよ？　あなたみたいな人たちが会社に居座ってるから、私たち若い世代が就職できないんじゃないですか！」

鼻の奥がつんとする。何がこんなに悔しいのか、わからないけどただ悔しさが込み上げてくる。きっと私はままならないすべてのことに腹を立てていて、これは八つ当たりなんだろう。

「いやはや、おっしゃる通りで。返す言葉もございません」

日下部さんはいつもの調子で、片手を頭に載せた。

「……おや、もう帰ってもいい時間になりましたね。それではわたしはこれで、お先に失礼いたします」

日下部さんが出ていってしまうと、今度こそ私は一人きりになった。

群青の闇の中、光を滲ませて聳える巨大模型をぼんやりと仰ぎ見る。

御影石で表情をつけた、ケーキの土台のような基壇部。その上に突き刺さるタワーの全周を網の目のように取り巻く窓、眩しい光を放つこの小さな枠の中すべてに、誰かが住むことになる。ここでの暮らしを夢見て、一生を費やすほどの大金と引き換えに鍵を手にした者たちが、あの中にひしめき合うのだ。

これは凝縮された夢の模型。

自分の家を持つこと。便利な生活。寛げる環境。家族が笑って過ごせる住まい。すべてが夢であり、夢とはつまり欲望だ。今より何かが良くなっていてほしいと願う、尽きることのない人間の本能。

このジオラマが、シアターが、モデルルームが、見る者の欲望をたっぷりと刺激して、恍惚に脳を浸してくれる。けれどお金がなければ、その甘い刺激は痛みに変わる。魅せられた分だけ、あの光の中からこぼれて、地上で見上げる苦しみを味わうことになる。叶わない夢ほど残酷な毒はない。

明日まで――どうか、明日までに。

神殿に祈りを捧げるように、光の前で蹲った。

画面を覆うノイズのような雨が、グレーのビルを濡らしている。

電線が張り巡らされた木造住宅の家並みが徐々に高層建築の立ち並ぶ風景に置き換わったように、夏の夕立も今や熱帯地域のスコールのようになってしまった。気まぐれに強まる雨足、雷鳴と閃光のアクセント。窓の外が真っ白に染まる。

「いやはや、すごい雨ですねえ。帰る頃には止んでいるといいのですが」

日下部さんはいつもとまったく変わらない様子で、昨日のことなんてこれっぽっちも気にしていないようだった。

激しい雨音を掻き消して、内線の呼び出し音が鳴り響く。

『受付です。垂木さまがお見えになりました、個室にご案内しています』

私は受話器を取ると同時に、立ち上がっていた。

「岩城さん、お一人で大丈夫ですか」

滝さんは今、一億円越えのプレミアム住戸の検討者と商談に入ってしまっている。契約の前に必要な重要事項説明は有資格者しかできないので、日下部さんが代わりに同席するよう、滝さんから託かっていた。

「はい。重説になったらその時だけ呼ぶのでお願いします」

「そうしていただけると助かります」

ラッキーとばかりにスマホをいじる日下部さん。私は一人、二階に向かった。

「垂木さま、お待たせいたしました」

個室に入ると、ご夫婦は揃って立ち上がった。お二人とも緊張した面持ちだ。

「岩城さん……ローンは、どうなりました？　昨日はまだわからないって」

雨に濡れた服や髪を拭うのも忘れ、タオルを固く握り締めて詰め寄る垂木さまに、私はお互いを落ち着かせるように一呼吸置いてから答えた。

「実は、今朝ほど回答が届きまして……一つだけ、事前審査が通りました」

お二人は息を呑み、それから「やった！」と手を取り合う。湿気に満ちた室内の空気が一瞬にして色めきたった。

「ありがとう、ありがとうございます岩城さん！　よかった、もうこれでダメだったら、本当にハピネスフィアタワーには住めなくなるんだって、そう思って僕たち……」

「本当にありがとうございます。あっ、これ、手付金、現金で持ってきました！」

奥さまがいそいそとテーブルの上に封筒を出し、感極まっていたご主人も慌てて印鑑を取り出す。早く契約しないと、あの部屋に手足が生えてタワーから抜け出し逃げてしまうとでも思っているみたいだ。

私は出された封筒に目を落とし、静かに言った。

「やめましょう」

お二人が眉を上げる。何を言っているのかわからないという顔だ。

「あの、どういう……？　審査、通ったんですよね？」

「はい。一か所だけ——永住権を持たない外国籍の方などにも貸し付けている住宅ローンがございまして、そちらの審査は通りました。その融資条件でローンを組んだ場合のシミュレーションがこちらです」

差し出した資金計算書を覗き込んだお二人は、一瞬眉を顰めたものの、それでも怯みはしなかった。

「たしかに、金利は高いですけど……ここしか通らないなら仕方ないです、借りるのもたったの二千万だし」

私はかぶりを振る。

「そう思うのは、感覚が麻痺(まひ)してらっしゃるからです。五千万、四千万ときて二千万まで予算を下げたから安くなったような気がしているだけで、二千万円は大金ですよ」

「そりゃはした金とは言わないけど、実際月々の返済額だって今の家賃より安いし、金利もフラットよりちょっと高いくらいだから大丈夫ですよ」

「ちょっとじゃありません。二千万円の借り入れなら金利が〇・一％違うだけでも総返済額が四十万も変わります。それに何よりこれは、変動金利です。固定金利のフラットと違って、この先もっと金利が上がるかもしれないんですよ。そのリスクを考えてください」

垂木さまがぐっと喉(のど)を鳴らす。狼狽(うろた)えてはいるけれど、まだ納得はしていない。今さら引き下がるつもりはなく、反駁(はんばく)の言葉を探しているのだ。

「それに——このお部屋で、垂木さまご家族は本当に幸せになれますか？」

私は図面集の、二〇九号室のページを開いた。

「間取りは1LDK＋Sですが、Sのサービスルームは、使い方は自由といってもあくまで居室ではなく、エアコンの設置もできません。ただでさえ北側の住戸で寒いのに……しかもこの狭さでは現実的には大きめの収納か、せいぜい書斎として利用するのが限界でしょう。そんな部屋で美乃梨(みのり)ちゃんに寝起きさせるんですか？」

「……じゃ、じゃあ、やっぱり、頑張ってもうちょっと広い部屋を……！」

「それこそ無理です」

ぴしゃりと遮った。他人に、それもお客さまにこんな物言いをする度胸は、今までの自分には絶対になかった。だけどこれが、今の私の役割なのだ。

「私はこの十日間、ずっとローンのことを考えて、ローンのことばかり調べてきました。それでわかったことがあります」

こんなことを言うのは辛いけれど、決して目を逸らさない。逸らしてはいけない。

「金融機関が貸してくれないのは、貸してくれないなりの根拠があるんです。垂木さまの場合は、手付金が足りなくて安易にカードローンに手を出してしまった。その軽率さも含めて、あなたはまだ、家を買うべきじゃないんです」

私たちはお互いに、もっと早く目を覚まさなければいけなかった。

きっと垂木さま自身も、奥さまも、心のどこかには本当にこのまま突き進んでいいのかと迷いがあったはずだ。けれど甘い毒に侵されて冷静さを失い、自分たちに言い聞かせるようにして不安から目を逸らしていた。私はそれに乗っかろうとしていた。

垂木さまのため――その気持ちに嘘はない。けどお客さまのためと言いながら、心の底では、自分のためにもこの契約を逃したくなかったんだ。たった一件のこの契約さえ失えば、私のこれまでの時間も労力も何の形にも残らない。何もなくなってしまうから。

すべてが無駄になるのが怖かった――それを認めるのに、今日までかかった。

「――はっきり申し上げます。あなたには売れません。諦めてください」

唇がわななき、喉の奥から熱い痛みが込み上げてくる。けれど必死で呑み込んだ。私に泣く資格はない。今、目の前で泣き崩れるお二人と同じ重さの涙は、私には流せない。

………ごめんなさい。

下げた頭から垂れる髪の先が、テーブルに触れた。


いつの間にか雨は止み、薄暗い空を覆う雲はところどころぽっかりと口を開け、光の帯を地上に垂らしていた。

「……それじゃ、お世話になりました」

本当に最後のお見送り。目を泣き腫らした奥さまの肩を抱くご主人は、エントランスを出る間際、ふと振り返った。

「今も、新しいアプリ作ってるとこなんです。次はちゃんと頭金貯めて……いや」

その一瞬、瞳に熱い色が宿るのを私は見た。

「絶対に一発当てて、もっといい家キャッシュで買ってやるから」

思わず目を丸くした私は、知らず微笑んでいた。

「……はい」

無言の笑みを残して、垂木さまは帰っていった。

叶わなかった夢の毒は、いつか薬に変わるだろうか。

「あの、岩城さん」

垂木さまの姿が見えなくなった頃合いで、受付スタッフが声をかけてきた。

「ついさっき、アポなしで岩城さん担当のお客さまがいらしたんです」

「どなたです？」

「それが……梁瀬（やなせ）さまなんです。今はお一人で模型をご覧になってます」

……ああ。私はげんなりと苦笑する。

タワマンを憎んでやまない梁瀬さま。二度ならず三度まで……そんなに暇（ひま）じゃないだろうにとある種感心しつつ、彼の待つジオラマルームへ向かった。

「こんにちは。梁瀬さま、本日はどのようなご用件で……」

「おー。おっ？　何だ姉ちゃん、ピアスなんか開けてたか？　最近やったんだろ。見るたびどんどん色気づいちまって、不動産屋に染まってんなぁ」

揶揄するような物言いも、にっこりスルー。知ってます。用件なんかないのだ、だからいつも人を食ったようなことを言ってはぐらかす。

「このジオラマ、何度見ても金かかってんなぁ。こういうのも全部販売価格に上乗せされてんだろ？　馬鹿馬鹿しいよなぁ。つーかそんなんばっかだろ、やれなんちゃらルームだ何だって共用施設が多くても、その分管理費やら修繕費やらで毎月金取られてよぉ……」

いったいこの人は、何度こうやって、ここに来て文句を垂れるんだろう。

「はあ。でしたら何故、何度もここにいらっしゃるのですか。この際はっきりお伺いしますが、梁瀬さまはタワーマンションがお嫌いなんですよね？」

問われた当人は目を見開き、それからかっと顔を赤くした。

「なっ……何だその態度は、居直りやがって、どうせ買わないなら客じゃないってか？　これだから不動産屋はクソなんだ。ああ、嫌いだよタワマンなんか、大っ嫌いだ。けどな、いいか、あの場所にこんなデカいもん建てられたらな、俺んちから見えるんだよ！　一歩外出りゃ嫌でも目に入っちまう。迷惑なもん建てやがるんだから、迷惑かけられる地域住民に納得いくまで説明する義務くらいあんだろうが。まったく目障りなんだよ、嫌いなもんをこの先毎日見せられるこっちの身にもなってみろ！」

興奮して捲したてる梁瀬さまを、私はどこか醒めた目で見つめていた。怒鳴られても恐怖は感じない。能海さん、私結構、図太くなれた気がします。

「そうですか」

それにしても、嫌い、嫌いって……不毛だ。もういい加減、ここで終わらせよう。

「でしたら、お買いになったらいかがですか」

は、と気の抜けた声を出して梁瀬さまが一時停止した。

「な……ちゃんと聞いてたのか？　俺はムカついてんだよ、見えるところにタワマンなんか建てられて……」

「はい。ですからそんなに見たくないのなら、ご自分が住んでしまえばいいじゃありませんか。作家のモーパッサンは、エッフェル塔の建設に猛反対していました。パリの景観を破壊する醜い骸骨呼ばわりまでして批判を続けていた彼は、完成したエッフェル塔のレストランで頻繁に食事をしていたそうです。パリでエッフェル塔が見えないのはここだけだからと言って」

有名なエピソードだし、パリで料理人をしていた梁瀬さまなら知っていたかもしれない。ぐっと声を詰まらせて、私を睨んでくる。

「だ、だからって、何で俺が買わなきゃいけないんだよ。言ってるだろ、俺は、タワマンなんか大嫌いだって――」

「そんなに嫌いなものを、どうして貴重なお時間を割いて何度も見にいらっしゃるんですか？　本当は欲しいんですよね。けど手に入らないと思っているから、すっぱいブドウよろしく必死で難癖をつけて、ご自分の心を守っているんですよね。一生こうやって、妬んで、憎んで、爪を齧りながら生きていくつもりですか」

レストランのオーナーシェフとして脚光を浴びていた十余年前、梁瀬さまは都心のタワーマンションに手を出した。当時の彼のステイタスに相応しい高級物件で、その頃派手に交流していた仲間たちの間でも、彼がそこを買うことは話題に上っていた。

ところが、それは実現しなかった。ローン審査が通らなかったからだ。

本人がブログで吐露するところによれば、それが彼の転落の始まりだった。

パリでの厳しい修業に耐え抜いた梁瀬シェフは、自分のスタッフにも同じ忍耐を求めていた。彼らの不満が高まっていた折にこの屈辱の出来事が重なり、些細なきっかけでスタッフを怒鳴りつけ、感情的に当たり散らした翌日から、誰も出勤してこなくなった。

当然店は立ち行かなくなり、ほどなくして廃業。それからは一介の雇われシェフとして調理場に立っていたが、一度は華々しい成功を収めた彼にとって今さら他人に使われる日々は耐えがたく、一念発起してキッチンカーを購入、オフィス街や住宅地などで洋風弁当を販売するようになったのが数年前のことだった。

「……な、な、な……」

梁瀬さまの顔は怒りと羞恥で破裂しそうなほど赤く膨らみ、言葉もなく震えていた。

「もう終わりにしましょう。ここを買って、終わりにするんです」

私は手にしていた図面集を開き、二〇九――あの、垂木さまが諦めた部屋を提示した。

「こ、これは……ここで一番安い部屋じゃねぇか！　ば、馬鹿にしやがって……！」

「馬鹿になんかしていません。梁瀬さまはずっと、月々の管理費や修繕積立金の負担を気にしておられましたよね？　このお部屋は一番専有面積が狭いので、管理費等もこのタワーの中で一番安いです。加えて、タワーマンションの低層階は固定資産税が減免されます。これは二〇一七年以降に建てられた二十階建て以上のマンションに限って適用されるので、今中古市場に出ている物件では受けられない恩恵かと思います。つまりこのお部屋は、購入価格だけでなくランニングコストも抜群にお得なのです。コスパ重視の梁瀬さまにはぴったりじゃありませんか」

「だ……だからって、こんな、北向きの低層階なんて全然日も当たんねぇだろ。しかも真下はキッズルームじゃねぇか、俺はガキは嫌いなんだよ、騒ぎ声なんか聞きたくない！」

「梁瀬さまは朝早くから夜までお仕事でご自宅にいらっしゃいませんよね？　ほとんど寝に帰るだけの生活ではありませんか？　でしたら日当たりなんかあってもなくてもわから

ないと思いますが。家具も日に焼けませんし、食材のストックを保管しておくにもちょうどいいんじゃないですか、昔の家は食材が傷まないように北側に台所を作っていたくらいですから。キッズルームも利用時間は日中だけです、梁瀬さまのライフスタイルなら影響はないでしょう。広さ、間取り的にもお一人でお住まいになるには充分かと」

何で俺のライフスタイルなんか知ってるんだ、という顔で絶句している。それは、はい、ごめんなさい。

「………二千、二百万……だったよな」

梁瀬さまの心が傾いている。手が出ない額じゃないと思っているのだ。

しかし、彼は打ち消すようにかぶりを振った。

「いや、どうせローンが通らねぇ」

「いいえ。今の梁瀬さまなら買えます」

「適当言ってんじゃねえよ。俺はな、買えねえんだよ、年収とかの問題じゃないんだ、あんたは知らないだろうけどな……」

ごめんなさいそれも知ってます。

十数年前審査に落ちたのは、信用情報に過払い金請求の履歴があったからですよね。

梁瀬さまはパリへの渡航費用をクレジットカードのキャッシングで工面していた。未成年でも借りられるだけあってグレーゾーンの高金利だ。帰国した後も返済を続けていた梁瀬さまは、レストラン開業にあたって知人のアドバイスで過払い金の返還を受けていた。それが信用情報に記録されていたため、住宅ローンを借りられなかったのだ。

「法律で認められた権利を行使しただけなのに、ブラックになるのはおかしいと、悔しい思いをされたんですよね。ですがそうした批判を受けて、二〇一〇年以降、過払い金請求の履歴は信用情報から削除されています。もうその記録は残っていません」

「何でそんなことまで知って……とにかく、んなことくらい俺だって知ってるよ。だから、もう大丈夫だと思ったのに……念のため五年以上経ってから、中古の部屋を買おうとしたことがあったんだよ。前のとは比較にならないようなやっすい物件……けど、また審査に落ちた。俺みたいな人間には、どこも家買えるほどの金は貸さないってことなんだよ」

　捨て鉢に言う梁瀬さまに、私はずいと詰め寄った。

「それはおそらく、その時の梁瀬さまの信用情報がキレイすぎたんです。ご存じの通り、信用情報の履歴は五年程度しか残りません。最初の住宅ローン審査に落ちた後、悔し紛れにクレジットカードを解約して、現金主義を徹底してきましたよね？　それで五年後には一切の履歴がなくなってしまった——いわゆるスーパーホワイトです。何の履歴もないことが逆に、過去五年何らかの問題があってどこことも取引できなかった、ブラック明けの状態だと推測されてしまったんです」

この何日もずっと、私はローン審査のことばかり調べ、考えていた。だからわかる。

「ですが、今なら違います。梁瀬さま、キッチンカーはどうやって購入されたんですか？」

「え……そりゃ、現金主義っていってもさすがに車は一括じゃ買えねえし、そこだけはローン組んだよ。保証人立てたりとか、色々条件付けられて大変だったけどよ……まあ住宅ローンほどは厳しくないのか一応借りられたし、ついでに言うと今年払い終わったとこだ」

私は頷き、梁瀬さまのジーンズの尻ポケットを指差す。

「そのスマートフォンも高額機種でしたよね？　本体代金は一括払いでしたか」

「いや、普通に分割だよ。ずっと使ってたガラケーがいきなり壊れて、急だったしな」

私はもう一度、じっくりと頷いた。

「おそらく今なら、問題なく借りられます。携帯の分割払いや自動車ローンをきちんと返した実績が梁瀬さまの信用情報に記録されているので、延滞などの問題がなく、他の審査条件をクリアしていれば通るはずです。嘘だと思うなら、仮審査を申し込んでください。もしも落ちたら梁瀬さまの気が済むまで謝ります」

ぱちぱちと瞬き（まばた）をした梁瀬さまは、やがて声を絞り出した。

「じゃあ、もし通ったら……」

「その時は当然、買ってください」

また、目を瞬いて……ふっと、降参したような、笑いにも似た息が漏れた。梁瀬さまはゆっくりと、巨大模型を振り仰ぐ。真っ黒な闇を照らし、蒼い夜空に明かりを投げかける光の塔を。

「……ギャンブルは嫌いじゃない方なんだ」

「では、審査の申込書類をご記入ください。二階のお席に参りましょう」

おう、やってやるよと意気込んで、梁瀬さまは階段を上りはじめた。

「それにしても、こんなに俺のこと何もかも知ってるってことは、さてはあんた――」

梁瀬さまが振り返り、私はぎくりとして身を竦ませる。

「俺のファンなんだろ？　昔出たテレビ見てたのか？　サイン書いてやろうか」

私は営業らしく、にっこりと微笑んでおいた。

16　人生は続くよどこまでも

それから一週間後、梁瀬さまとの売買契約が結ばれた。今度こそ無事、二〇九号室が売れたのだ。

滝さんは飛び上がって喜び、勢い余って私の手を握ったので、りこちゃんさんに外へ連れていかれた。「セクハラ成敗！」という声と断末魔の叫びが聞こえてきた。

ついにやった……と感慨にふけっていた私に、日下部さんが渋い顔を向けてくる。

「岩城さん、面倒なことになりました」

「え……こ、今度は何ですか!?」

日下部さんは声を潜め、耳元で言う。

「岩城さんの今後……派遣契約の終了後どうするかについて、武州の人事とヒュリソさんとで協議するそうなのですが、形式上わたしの意見も聞いたことにしたいらしく、同席を求められまして……まったく、面倒なことです」

何だ……面倒って、文字通りあなたが面倒くさいって話ね。

けど、もうそんなことを話し合う時期か……何か随分早くないかな？

「こうして一戸売ったことだし、大丈夫ですよね？　結果さえ出せば正社員になれるって言われてたんです。いつもみたいに、大丈夫って言ってください」

「だいじょびませんねえ。二〇九を売ったのは現場的には快挙ですが、弊社の人事評価的には、一期で最安値の住戸たった一つ売っただけというのは、『売った』とは言わないんじゃないでしょうか。残念ながら」

ガーン！　と漫画だったら箱文字が降ってくるところだ。あんなに苦労して、やっと一戸売ったのに……。

「わざわざわたしを呼びつけるのも、唯一岩城さんの働きぶりを知るわたしの評価を根拠にしたという体で切るためかもしれませんね……」

わなわなと震える私を余所に、日下部さんは「ああ面倒です」としつこくぼやいている。

「わたしが岩城さんを評価するというのも、おかしな話ですよねえ。実質の上司は滝さんじゃないですか」

……また何か、意味ありげなこと言ってくれちゃって。

「日下部さん。呼ばれてるのって、いつですか」

「わたしは何も、お力にはなれませんが……」

「わかってます。そんな期待はしませんよ」

でしたら結構です。と彼は目尻に皺を寄せた。


その日は帰りに能海さんと二人で食事をした。二〇九が売れたお祝いと、色々と助けてもらったお礼を兼ねた、ちょっとしたお疲れ会だ。

お腹を満たし、楽しい時間を過ごすと駅で別れた。もちろんお酒はなしだったけれど、ほろ酔いのような心地好い高揚感が残っていて、電車を降りて自宅へと歩いている今も、身体の奥がぽかぽかしている。

「……あ」

街灯に照らされた歩道で、すれ違う人と目が合った。気づかずそのまま通り過ぎそうになった相手も、一瞬目を凝らして「あ」と立ち止まる。

「お久しぶりです、真鍋さん。今日は残業ですか」

「ああ、うん……久しぶり。雰囲気変わってて、最初誰かわからなかった」

今日は一対一のせいか、前に会った時のようなよそよそしい敬語は使ってこない。それならばと、私もくだけた口調で応じる。

「それ最近すごい言われるんだけど、派手ってこと？　ひょっとしてケバい？」

「いや、そんなことない。綺麗になった……よ」

さらっと言いきれば社交辞令で済んだものを、変に口ごもるから気まずい空気が流れる。

……けどまあ、こういう人だったな。作業着とネクタイの組み合わせがよく馴染む、どちらかというと朴訥で、スマートにお世辞を言ったりはできないタイプだった。

「……そっちも、残業？」

「ううん、帰りに職場の人とご飯食べてきたから遅くなっちゃった」

「そっか。新しい仕事、順調そうだね」

うーん、と私は首を捻る。今のところ七転び八起き、順調とは言わない気がする。

「本当に、いいところに就職が決まってよかったと思ってたんだ。前に……出版とか、そういう方面に関わる仕事がしたかったって言ってたから」

「ああ……そういえば、そんな話もしたね」

覚えていてくれたとは思わなかった。そういう話をするくらい、自分はこの人に心を預けていた時期もあったのだと、今さらに思い出される。

「ねえ、一つ訊いてもいい？」

彼が小さく顔を傾ける。どうぞ、の仕草だ。

「何でいっつも派遣と付き合うの」

一瞬きょとんとした彼は、さして考える間もなく答えた。

「だって、他に出会いないじゃん」

思わず、ぷはっと噴き出してしまった。何て簡潔。かつ明快。

「合コンとかみたいに、いきなり会って話すのは苦手な方だし……一緒に働いてれば人柄もわかって、好きになったり、するでしょ……え、もしかしてそんなこと気にしてた？」

あんまりあっけらかんと言うものだから、こっちは笑いが止まらない。

「……気にしてた、もうね、すっごい気にしてたよ。河西さんだって、派遣で三人目なんて知ったら喜ばないからねきっと」

「え……そういうもん？　それって隠しておいた方がいいってこと？　それともこっちから話して謝っておいた方がいい？」

「知らないよ、そんなの、自分で考えて……あーっもう、おかしい……」

笑いすぎて涙が出てくる。

自分の居場所はここにしかない、人生の道筋が不本意に固定されたと思っていた頃は、色んなことを悲観していた。自分の足元しか見ないから、小さなことにばかりこだわっていた。不思議と笑えてしまうのは、私がもう今では別の場所に立って、あの頃の自分を遠くから眺めているせいだろうか。

ひとしきり笑った私は、指先で目尻を拭いながら言った。

「あのね……新聞社じゃないの。社員でもない。武州新聞リアルエステートっていう不動産会社で、今も派遣やってる」

唐突な告白に、彼は豆鉄砲をくらった顔だ。

「けど、楽しいよ。今の仕事、結構楽しい」

今、自分がこんな風に思えていることも、あの頃の私には想像もできないだろう。

そういえば最初のうちは、この人たちに見栄を張りたくて、嘘を本当にするために社員になろうと焦っていたんだっけ。

けどそんなの、いつの間にか忘れていた。ただ毎日夢中で働いて、うまくいけば嬉しくて、失敗したら落ち込んで。くたくたになって帰ってくると、いつも寝ているベッドが溶けてしまいそうに柔らかいことを知った。

「うん。今の澪、生き生きしてる」

街灯の下、彼が眩しそうに目を細める。何か言いかけるのを、私の着信音が遮った。

「……彼氏？」

「違うよ。でも、そうなりたいと思ってる」

スマホを持ち上げる私に、彼は笑って手を振り、駅の方へと歩いていった。手を振り返した私も、くるりと背を向けて歩きだす。

「もしもし……はい、こんばんは。いえ、まだ帰り道で……はい。あの、今日はちょっと、聞いてほしいことがあるんです……」

凝り固まっていたものが、ほぐれていく。この感覚が薄れてしまわないうちに、伝えたいと思った。


一歩、一歩、踏み出すたびにシルバーのピアスが揺れる。歩調に合わせてシャラシャラと、私だけに聞こえる音が、耳元で私を鼓舞してくれる。

今日は決戦の日。袖を通したのは、ここぞという時のためにとっておいたピンストライプのスーツ。やっぱりこれが一番不動産屋って感じがするし、能海さんから譲り受けたこの服を着ているだけで心強い。

最初は正直怖かった能海さんが、今では私のかけがえのない友人になっている。あの現場で杉政さんとも出会えたし、りこちゃんさんや滝さんの指導と助けを得て、私もチームの一員になれた気がする。もう会うことはないだろうけど、橘さんのことも私はきっと忘れないだろう。菱紅の二人と三田村さんのことは……あんまりよく知らないままだったな。

まあいっか。

「おはようございます。本当に、いらっしゃいましたねえ」

場所は東京駅、和合不動産本社ビルとは反対の八重洲側。やや年季を感じさせる十階建てのビルの前で、やはり年季の入った会社員と落ち合った。

「はい。日下部さんも派遣元の担当も当てにならないので、自分で乗り込みに来ました」

日下部さんは諦めたように顎を引く。もはや何も言うまいというところか。

「ところで、一応訊いておきたいんですけど……もし武州新聞リアルエステートの正社員になれたとして、ゆくゆく新聞社とか、出版の方に移れるなんてことは」

「ないですねえ。親会社である武州新聞から管理職が出向してくることはありますが、逆は絶対にありえないです」

「ですよね。だいぶ前、会社の成り立ちを聞いた時からそんな気はしてました」

大橋ほんとにあの野郎。……まぁあれだ、私も大概甘かった。

「では、そろそろ参りましょうか」

私は頷き、日下部さんの後に続いて武州新聞リアルエステート本社に足を踏み入れた。

会議室に入ると、大橋さんは私を二度見、いや三度見してから立ち上がり、もう一人の見知らぬ人物は困惑した様子で眉を顰めた。

「ちょっ、ちょ、どうして岩城さんがここに？　誰かと思いましたよ……」

「私に関する話し合いをされるそうなので、本人の意見も聞いていただきたく参りました」

黙っていたって、どうせ切り捨てられるだけだ。今度は大人しく切られてなんかやるものか。

「日下部さんが連れてきたんですか……困りますよこういうことをされちゃ」

「いやあ、すみません人事部長。是も非もなくついていらっしゃいましたもので……」

四十半ばくらいだろうか、年下と思しき上席相手に、頭を掻きながらへらっと詫びる日下部さん。それが派遣小娘の私に対する態度とまるで一緒で、ある意味一貫しててすごい。と、こんな時に感心している場合じゃなかった。

「はじめまして、岩城澪と申します。突然の無礼をどうかお許しください」

人事部長と呼ばれた人物に一礼し、その目を見据える。

「現状の数字では、私はまだ一戸しか売っていません。ですが、来る第二期販売では既に三戸は契約が取れる見込みになっています。この短期間で、まずは一件でも成約したことを評価してはいただけないでしょうか」

相手は形ばかり思案するような仕草を見せ、ほどなく口を開いた。

「そうですね……未経験でよく頑張ってくださったとは思いますが、この業界では、やはり充分な結果とはいえないんですよ。二期のことはまだわかりませんし、見込みだけで評価はできかねます」

「たしかに普通の現場なら、営業としては恥ずかしい成績なのかもしれません。ですがハピネスフィアタワーは、何においても和合不動産の意向で動く現場です。私は和合の指示で雑務に時間を取られていますし、担当の割り振りも和合のリーダーが決めるので、優先順位の低い私には購買力のあるお客さまが回ってきません」

私の訴えを、人事部長はふっと一笑に付した。

「それは、あそこは実質和合さんの現場なんですから、和合さんの指示に従っていただくのは当然のことで。弊社としましては、そうした条件の下でも着実に結果を出せる人材を求めていたわけですが……やはり派遣さんには難しかったようですね。実はうちの社員でちょうど体の空いたのがいるので、新都心に行ってもらおうかと思っていまして」

ああ……それでもう、つなぎはお払い箱というわけね。私を切るのは決定事項なのだ。

いやきっと、最初からそのつもりで派遣を使った。だったら、こっちだって——

「では……実質和合不動産の現場だと把握された上での判断なのですね」

ええ、と人事部長が胸を反らす。私は俯き、今の会話を咀嚼してから、薄い笑みを浮かべた。

「そうですか。でしたら――――これって、二重派遣じゃないですか？」

しん、と場が静まり返る。

まず狼狽えたのは大橋さんだ。

「い、岩城さん、何言ってるんですか、大袈裟だな～、こういうのはね、よくあることなんですよ……」

「よくあることでも、二重派遣が違法なのはご存じですよね」

大橋さんが呻くようにして押し黙った一方、武州の人事部長は冷静だった。

やれやれとでもいうように、苦笑を投げかけてくる。

「ええと……岩城さん？」

「あなたはご存じないかもしれませんが……ＪＶというのは特殊でして、通常、ＪＶは他社への労働者供給という扱いにはならないんですよ」

つまり、派遣先からさらに別の会社へ派遣する二重派遣にはあたらないということだ。

大橋さんはあからさまにほっとして、人事部長は駄々っ子をあしらうように続けた。

「食い下がる姿勢は、営業としては悪くありませんよ。ただ詰めが甘いですね。こういう短絡的な思考の方には、高額商品でありお客さまも慎重になる住宅の販売はやはり向かないと判断させていただきます」

――お疲れさまでした。言葉はなく、目礼で告げてくる。

「そうですか……」

私はおもむろにバッグに手を入れ、ある資料を取り出した。

「その根拠はこれですか？」

突きつけたのは、厚生労働省による労働者派遣についての要領を印刷したものだ。

「たしかに、これにはそう取れる文言が書いてあります。ですがここを読んでください」

想定されるネックについて事前に下調べをし、必要であれば資料を準備して、顧客が口にするであろう否定的な意見を打ち消す反論――〝つぶしトーク〟を用意しておく。マンション営業の基本中の基本だ。私は指し示した一文を諳んじる。

「――しかしながら、このようなＪＶは構成員の労働者の就業が労働者派遣に該当することを免れるための偽装の手段に利用されるおそれがあり、その法的評価を厳格に行う必要がある――法的評価を厳格に行った上で、間違いなく、一〇〇％、私のケースに何の問題もないと言いきれますか？」

冷徹そうな眉が、ぴくりと動いた。

「先ほど人事部長は、『実質和合の現場』だとおっしゃいました。実際私は、勤務中の指揮命令をすべて和合不動産のリーダーである滝さんから受けています」

「そ、そんな屁理屈を……一人で派遣したならともかく、弊社の社員も一緒なんです、あなたへの指揮命令は彼が……——日下部さん！　彼女に、指揮命令していましたよね？」

我関せずという顔でここでも窓際に佇んでいた日下部さんは、急に水を向けられて——

「はあ。そうですねえ。指揮命令をしたかどうかと訊かれれば、一切いたしておりません」

と、悪びれもせず言いきった。

呆れてため息を吐き出す人事部長に、私は向き直る。

「いかがですか。労働者の保護を目的とした法律の趣旨からすれば、私が裁判に訴えたら、物議を醸しそうですよね」

ハッタリをかませ。自信がなくても、メイクで強気を装え。ヒールで背筋を伸ばせ。

「さ、裁判だなんて、岩城さん、そんな物騒な……」

慌てふためく大橋さんを余所に、人事部長は静かに目線を上げた。

「なるほど……それで、あなたの目的は何ですか？　物議は醸したとしても、勝てる保証もありませんよ。徒に社会に一石投じてみたいというわけでもないでしょう」

「もちろんです。争いたいのではありません、ただこの微妙な問題をシンプルに解決できる、お互いの得になる取引をご提案したいだけです」

「お互いの、得に……ですか」

「はい。私を雇わなければきっと損をします」

黙考の末――ふむ、と息をつく。ややあって、人事部長は立ち上がった。

「あなたはこの仕事に向いているようです。度胸もありますが、何より、そこにいる弊社の現社員より遥(はる)かにやる気もありそうですね」

自分が当て擦(こす)られているにもかかわらず、日下部さんは「ええ、それはもう」とおっとり頷いている。

「岩城澪さん。正社員として、我が社との直接雇用に切り替えていただけますか」

私は接客時のように、慇懃(いんぎん)な笑顔で一礼した。

「よろしくお願いいたします」

みっしりと立ち並ぶ建物のガラスが、太陽の裾(すそ)をちぎってばら撒(ま)くように、それぞれに反射しては向かいのビルや道路に光を差している。

武州新聞リアルエステートの社屋を背に、私と日下部さん、大橋さんの三人は歩きだした。私は一度振り返り、ここが私の会社なんだと、さほどお洒落でも立派でもないビルに早くも覚えはじめた愛着を噛みしめる。

「いやーそれにしても、よかったですね岩城さん。これからは武州さんの社員になって、不動産営業としてやっていかれるんですね。いや本当によかった。おめでとうございます」

手放しで喜んでいる大橋さんに、私はにたっと、含んだ笑みを返した。

「いいえ」

「うんうん、よかったですよね……え？　いいえ？」

「私を正社員にしてくれるのは武州新聞リアルエステートです。けど今回の件は、武州だけの問題じゃありませんよね？　ヒユリソさんにも、当然責任は取ってもらいます」

「え、いやだって、もう解決したんじゃ……え、責任って……？」

青い顔でわたわたする大橋さんに、きっと向き直る。

「大橋さんには、責任を持って私の派遣先を探してもらいます」

「え、は？　でも、岩城さんは武州の社員に……」

「私、出版社で働きたいんです。正社員で就職するのは無理だったので、まずは派遣でも構いませんから出版社の仕事取ってきてください。外国文学の翻訳出版に関わる仕事がいいです。私の希望に適う仕事が見つかったら、その時は武州を辞めます」

大橋さんはぱちぱちと目を瞬く。

「いや、そんなこと言っても……」

「二重派遣の罰則は一年以下の懲役または……」

「頑張ります！　頑張って探しますんで！　もう今すぐ探します！　あ、僕は京橋から地下鉄乗っちゃうんで、こちらで失礼しますー」

ハンドタオルで額を押さえながら、大橋さんは駆けていった。逃げられると思うなよ。

「……いやはや、岩城さんには驚かされます」

日下部さんが、ほうと息をついた。

「どうしてそんなに働きたがるのか、わたしのような年寄りは理解に苦しみますが」

「私の人生、まだまだこれからですから。図太くなったついでに、もっと欲張りに生きてみたくなりました」

いつまでも夢を引きずっているくらいなら、この際飽きるまでとことんやってみたい。けど、何もすべてを懸けなくたっていい。何もかも捨ててたった一つの夢だけを追いかけるには、私は社会を知りすぎてしまった。

生きていくにはお金がいるし、自分が望まない場所、想像もしなかった世界にだって、かけがえのない人や、心から楽しいと思える瞬間が案外待ち受けているということを、私は知ってしまったから。

「たった一度の人生ですから、セーフティに冒険してみたいんです」

隣を歩く黄昏の紳士は、眼鏡の奥で目を細めた。

「そういえば、日下部さんと私って正式に先輩後輩になるんですね」

「そういうことになりますねえ」

だからといって、きっと何にも変わらないんだろうな。そう思いながら、改めてよろしくお願いしますと挨拶を交わして、東京駅で別れた。

今日は水曜日。さて私は、これからどこに向かおうか。線路はどこへでも繋がっていて、このまま家に帰ることもできるし、家族や友人や好きな人のいるところへも、まだ知らない場所にだって、どこへでも行くことができる。

一つ乗り継ぎを間違えればあらぬ方向に行ってしまうかもしれない、入り組んだ迷路のような未来は少し怖いけど……大丈夫。どこで降りても、この足で踏み出せばまた、耳元でピアスが音を奏でる。きっと楽しみながら歩いていける。

【参考】

ロラン・バルト（著）アンドレ・マルタン（写真）花輪光（訳）『エッフェル塔』（みすず書房）

『労働者派遣事業関係業務取扱要領』令和二年六月（厚生労働省職業安定局）
https://www.mhlw.go.jp/general/seido/anteikyoku/jukyu/haken/youryou_2020/dl/all.pdf

※この作品はフィクションです。実在の人物・団体・事件などにはいっさい関係ありません。

集英社オレンジ文庫をお買い上げいただき、ありがとうございます。
ご意見・ご感想をお待ちしております。

● あて先
〒101-8050 東京都千代田区一ツ橋2-5-10
集英社オレンジ文庫編集部 気付
ゆきた志旗先生

瀬戸際のハケンと窓際の正社員

2021年4月25日 第1刷発行

著　者 ゆきた志旗
発行者 北畠輝幸
発行所 株式会社集英社
〒101-8050東京都千代田区一ツ橋2-5-10
電話【編集部】03-3230-6352
【読者係】03-3230-6080
【販売部】03-3230-6393（書店専用）
印刷所 図書印刷株式会社

ISBN 978-4-08-680379-3 C0193